edition *fünf*

Herausgegeben und
mit einem Nachwort von
Doris Hermanns

edition *fünf*

WÄR MEIN KLAVIER DOCH EIN PFERD

Erzählungen aus den Niederlanden

N ederlands
letterenfonds
dutch foundation
for literature

Die Übersetzung dieses Buches wurde von
der niederländischen Stiftung für Literatur gefördert.

1. Auflage
Originalausgabe 2016
herausgegeben von Doris Hermanns

Für die Zusammenstellung:
© 2016 edition *fünf*
Verlag Silke Weniger, Gräfelfing / Hamburg
herausgegeben von Karen Nölle
im Vertrieb bei Edition Nautilus, Hamburg

Lektorat: Claudia Jürgens
Gestaltung, Satz und Herstellung: Kathleen Bernsdorf
Schriften: ITC Mendoza, Brandon Text
Druck und Bindung: Friedrich Pustet, Regensburg
Printed in Germany

ISBN 978-3-942374-75-0

www.editionfuenf.de

Klavierstunde
Helga Ruebsamen

Musikinstrumente haben eine Seele. Das wusste ich schon
als kleines Kind, bevor ich lesen und schreiben konnte, bevor
mich die nüchterne holländische Schule verdarb. Denn wir
kamen aus Niederländisch-Indien, und da wohnte allem eine
Seele inne. Die Seele sah ich sozusagen eher als das Instrument.

Dass es nicht nur aus einer Seele bestand, sondern auch
einen Körper besaß, wusste ich natürlich schon. Ich hatte
schließlich sogar eine kurze, aufregende Bekanntschaft mit
der Geige von Herrn Driessen hinter mir. Doch sowohl Herr
Driessen als auch die Geige, auf der er spielte, statt uns in
Geografie zu unterrichten (wahrscheinlich, weil er uns zu der
Zeit nicht mit dem Unsinnigen und Gefährlichen des Geo-
grafieunterrichts in Berührung bringen wollte), waren plötzlich verschwunden, wie in Holland alles plötzlich verschwinden konnte, egal ob es sich um Lebewesen, um Gegenstände
oder um Gebäude handelte. Und dabei hatte man mich nur
vor dem Wetter gewarnt! Es hat Jahre gedauert, bis ich begriff,
dass aus hellblauem Maihimmel fallende Bomben nicht zum
europäischen Klima gehörten, sondern die Folge eines allerdings sehr unglücklichen Zusammentreffens verschiedener
Umstände waren: des Krieges.

Nach dem Krieg kam ein Klavier zu uns ins Haus; es wurde wie ein alter Opa begrüßt, der von einer langen Reise zurückkehrte. Es hieß, auch das Klavier sei irgendwo untergetaucht gewesen und, Gott sei Dank, von der Gewalt der Barbaren verschont geblieben. Ich betrachtete das Ungetüm voll Staunen. Denn ich hatte mir ein kuscheliges, freundliches Haustier erhofft, ja fest damit gerechnet. Von den kleinen, verschwundenen Kätzchen war schließlich auch eins zurückgekommen, und nicht grau, schwarz und hungrig, wie es gewesen war, sondern prächtig weiß und vor Gesundheit strotzend. So sollte es mit der wunderbaren Auferstehung weitergehen, bis alles wieder beim Alten wäre. Außer Schokoriegeln also auch Dora Snoek und zwei rauhaarige Foxterrier, die ich gut gekannt hatte, und so weiter und so fort. Doch weit gefehlt, unnötig eigentlich, es zu erwähnen.

Trotzdem hielt ich an der Illusion fest, dass alle Dinge schließlich doch noch ihren Weg zu uns zurückfinden würden, vielleicht in einer anderen Farbe oder, wenn es denn sein musste, sogar in einer völlig anderen Gestalt, aber ... zu uns zurück.

Erst versuchte ich, die Seele des Instruments zu sehen, das mit so viel Ehrfurcht bei uns aufgenommen worden war. Doch ich konnte keine entdecken. Es gab seine Seele nicht so ohne weiteres preis. Das Instrument selbst allerdings, schwerfällig und wuchtig wie es war, war nicht zu übersehen. Es nahm sehr viel Platz ein und tat das mit größter Selbstverständlichkeit. In den Wintergarten passte keine Pflanze mehr, diesen Raum brauchte das Klavier ganz für sich allein. Auf Liebkosungen war es nicht aus, es blieb ungerührt und teilnahmslos, wenn man seine harte, schwarze Haut andächtig streichelte. Gleichgültig spiegelnd, warf es einem nur das eigene unbeholfene Bild zurück.

Ich fragte mich, welches Tier es in seinem vorigen Leben gewesen sein mochte oder vielleicht immer noch war. Ich konnte mir kaum vorstellen, dass es die andere verschwundene Katze sein sollte. Wahrscheinlicher noch der tollwütige Hund, der vor nun schon wieder langer Zeit von einem Auto schnell und klammheimlich abgeholt worden war, nachdem er ein paar Stunden lang auf der anderen Straßenseite gelegen hatte und kleine Stückchen im Kreis herumgekrochen war, mit offenem Maul, mit vor Angst hervorquellenden Augen – aber nein, so traurig wie dieser Hund war das Klavier nicht, genauso schauderhaft zwar, aber doch ganz anders.

Es stellte sich heraus, dass ich auf dem Klavier spielen sollte. Anfangs hielt ich das in der Tat für das Beste, auch wenn ich selbst wenig Lust dazu hatte. Denn man musste so ein regloses Ding mit so einem starren Gebiss und so einer harten Haut doch irgendwie zum Leben erwecken können, welche Opfer das zweifellos auch verlangte. Ich hatte mich jedoch gehörig überschätzt.

Schon bald wurde klar, dass sich unser Zusammensein von ungefähr einer Stunde täglich weder auf das Klavier noch auf mich günstig auswirkte. Das Klavier benahm sich weiterhin wie ein eingebildetes Möbel und gab kein Stückchen seiner Seele preis. Und warum sollte es auch, wenn ihm jemand, der zwar guten Willens war, aber mehr auch nicht, bloß Etüden und Fingerübungen von Czerny und dummes Geklimper von Petri entlockte? Ich hütete mich, das Klavier zu liebkosen und zu verwöhnen, wie ich es voller Inbrunst mit der weißen Katze tat und dem inzwischen ebenfalls angekommenen, besser gesagt: zurückgekehrten kastanienbraunen Hund. Einmal hatte ich das Klavier gestreichelt, und das hatte es kalt gelassen. Ich wagte es kein zweites Mal.

Doch ich fand auch nicht, dass es Prügel verdiente, weil es nicht tat, was ich wollte. Vielleicht war es nicht einmal seine Schuld, vielleicht stellte ich zu hohe Ansprüche, Ansprüche, denen es unmöglich genügen konnte. Zum Beispiel, dass es ein Pianola würde.

So ein Wunderding hatte ich bei einer Freundin zu Hause erlebt. Es ging da immer lustig zu, nicht nur, weil sie katholisch waren und ein Spirituosengeschäft hatten, sondern vor allem, weil eine strenge Vaterhand fehlte. Vermutlich hatten sie das Pianola gerade, um den Abwesenden zu ehren. Sein Bild stand in einem silbernen Rahmen obendrauf, und man konnte sich gut vorstellen, dass sein Schatten sich auf den Hocker setzte, wenn das Pianola seine Stücke zum Besten gab. Schön klang es nicht, dafür aber schwierig und aus diesem Grund für unsere Ohren besonders erwachsen. Dennoch fing ich nach einiger Zeit an, am Nutzen eines Hockers für ein Pianola zu zweifeln. War das nicht Angeberei, ähnlich wie das Aufsetzen einer Sonnenbrille, wenn die Sonne gar nicht schien? Das Instrument sank in meiner Achtung.

Außerdem konnte es nur wenige Melodien auswendig. Natürlich hatte es eine Seele, aber war die etwa interessanter oder verehrungswürdiger als die eines Rechenschiebers oder einer Ladenkasse?

An meinem Klavier fand ich den Hocker, außer dass er nötig war und unbedingt dazugehörte, so ziemlich das Schönste und

Liebenswürdigste. Schön, weil er eine Sitzfläche aus pfauen-
blauem Samt hatte, und liebenswürdig, weil er sich bei der
geringsten Ermutigung aufwärts oder abwärts drehte. Mehr
durfte man ihm nicht zumuten, doch mehr war auch nicht
nötig. Wäre mein Klavier nur ein Segelboot gewesen! Das war
auch schön und auch aus Holz. Und man konnte sich mit
ihm auf und davon machen, nicht nur in der Phantasie. Ein
Pferd. Mit einem Pferd hätte ich schon etwas anfangen können.
Wäre mein Klavier doch ein Pferd gewesen. Im Zirkus sah ich
Frau Regina Strassburger Hohe Schule reiten auf großen weißen und auf großen schwarzen Pferden. Inzwischen hatte ich
erfahren, dass es große weiße und große schwarze Klaviere gab
und dass meins bei weitem nicht das einzige seiner Art war. Es
war denkbar, dass Pferde auch nicht so folgsam waren, wie sie
manchmal aussahen. Obwohl Frau Strassburger ein wunder-
schönes, dunkelrot geschminktes Lächeln hatte, wenn sie und
ihre Pferde hübsche Kunststücke vollführten, dämmerte mir
allmählich, dass das auf beiden Seiten viel Blut, Schweiß und
Tränen gekostet hatte.

Mein Entschluss war gefasst.

Blut, Schweiß und Tränen wünschte ich an das kühle Ungetüm nicht zu verschwenden. Doch das Umgekehrte durfte
genauso wenig geschehen. Dann eben kein Rachmaninow. Ich
ließ wissen, dass ich fortan Geige spielen wollte. Geige! Das
war eine alte Bekannte. Eine so unendlich viel anmutigere Er-
scheinung als dieser unwirsche schwarze Hengst, der starr-
köpfig in unserem Wintergarten stand. Eine Geige sah immer
lieblich und griffig aus, ja, kuschelig fast, und überdies hatte
sie, und das bezauberte mich am allermeisten, einen so kläg-

lichen Klang, dass man nichts anderes wollte, als sie trösten, mit vor Zuneigung überfließendem Herzen.

Die Reaktionen auf meine Mitteilung waren bestürzend.

»Du und Geige? Ach du lieber Himmel! Wo du schon das arme Klavier so quälst.«

Ich traute meinen Ohren nicht. Das Klavier mit seinem schimmernden Panzer, in dem man sich in seiner ganzen Unbeholfenheit spiegelte, das ließ sich doch nicht auf der Nase herumtanzen? Sollte ich es tatsächlich gequält haben, dieses Ungeheuer mit all seinen Zähnen und seinen vier harten Beinen? Ja, wenn ich dazu imstande war, dann mussten die Geigen von meinen Annäherungsversuchen verschont bleiben. Meine Hände würden die molligen braunen kleinen Körper zerquetschen, ich würde die zarten, melancholischen Seelchen zu Tode peinigen.

Obwohl ich dem Klavier also anscheinend gewachsen war, setzte ich meinen Kampf mit ihm nicht fort. Ich schloss seinen Deckel und machte eine höfliche Verbeugung zum Zeichen des Abschieds: Was mich betraf, würden wir einander nie mehr wiedersehen.

Aber da, sechs, sieben Wochen später, zeigte mir das Klavier auf unglaubliche Weise seine Dankbarkeit. Soviel ich wusste, hatte es all die Zeit hochmütig schweigend und spiegelnd im Wintergarten gestanden – doch wie sehr hatte ich es verkannt. Es hatte ein Herz und eine Seele und auch noch einen großen, verständnisvollen Bauch. In dem surrte und schnurrte und rumorte es von neuem Leben. Vier Junge hatten die Katze und das Klavier miteinander, zwei schwarze und zwei weiße.

Aus dem Niederländischen von Christiane Kuby

Unruhe und Gelassenheit
Margriet de Moor

Wir
waren schon mehrere Wochen zu Hause, als wir endlich
unsere Entdeckung machten. Nachdem wir zu zweit vom Keller
bis zum Dachboden herumgegeistert waren, wobei wir die Augen gut aufsperrten und uns das Hirn zermarterten, um gerade
auf die Aufbewahrungsorte zu stoßen, die ein paar Internats-
schülerinnen leicht übersehen konnten – die düstersten Winkel des Spitzbodens, die mit flaumigem Staub gefüllten Ritzen
unter den Kommoden –, beschlossen wir, dann eben auch ihre
kleine Schlafstube zu durchsuchen. Leicht verärgert hoben wir
das Fußende ihrer Matratze an und zischten vor Erstaunen. Da
lag es! Diesmal war sie so gewitzt gewesen, den blödsinnigsten
Platz auszusuchen. Wir nahmen das Buch in die Hand – es war
ein Mordswälzer – und rochen daran.

Keine Frage. Dies war der Geruch unserer Stiefschwester,
der Frau, die mit triefenden Händen durchs Haus ging, die
die Einkäufe auspackte, den Eintopf kochte, das Weißzeug im
Garten zum Bleichen auslegte: Dies war der unaussprechlich
intime Sommerferiengeruch der vor uns versteckten Bücher.
Wir setzten uns auf ihr Bett, blätterten kurz, so dass wir einen
Eindruck von den Zeilen, den Absätzen, den Sätzen in Anfüh-
rungszeichen bekamen, und sahen uns dann den Umschlag an.
Ein Frauengesicht, gezeichnet von Liebe und Verlangen. Ein
Tüllschleier. Zwei Brüste, die für unsere Begriffe merkwürdig
hoch und rund aus dem Körper quollen.

»Wie lange dauert es noch, bis wir zu Tisch müssen?«

»Noch Ewigkeiten.«

Wie so oft machten wir es uns im Zimmer unserer Brüder bequem. Wir ließen die Markisen herunter – rotes Dämmerlicht breitete sich aus –, schlugen das Buch auf dem Fußboden auf und machten uns unverzüglich mit voller Geschwindigkeit ans Lesen. Es dauerte keine Viertelstunde, da waren wir unwiderruflich in die Welt der weißen Schultern, jungen Brüste, einer Tochter, die den ganzen Glanz eines Ballsaals mit sich zu tragen schien, eingedrungen. Einen Weg zurück gab es nicht mehr.

Etwas später an diesem Nachmittag legte sich ein Finger auf eine Seite. Eine Stimme murmelte.

»... komm, liebe Komtess, sagte Anna Michailowna eisig ...«

Da kam die besorgte Frage: »Sag mal, sollen wir nicht mal nachsehen?«

»Uh, ich lauf mal schnell ...«

Die Unterbrechung dauerte nur wenige Sekunden.

»... Und?«

»Sie ist im Hauswirtschaftsraum und kocht Pflaumenmarmelade.«

Unsere Stiefschwester war in mancherlei Hinsicht stahlhart. Sie hatte nichts dagegen, dass wir in ihren Schuhen herumliefen – ihr ehrfurchtgebietender Frauenkörper ruhte auf rätselhaft kleinen weißen Füßen –, dass wir ihre Lockenwickler benutzten, ihre Post lasen, uns die Pfefferminzbonbons aus ihrer Schürzentasche angelten und so weiter, aber als sie in unseren ersten Ferien daheim ihr Lieblingsbuch in unseren Händen entdeckte, *Moby Dick*, wir waren auf der Hälfte, wich alles Blut aus ihrem Gesicht. In dieser Nacht hörten wir sie auf dem unteren Flur umherwandern, wir hörten sie seufzen, als sie den Schirmständer mit den bronzenen Tigerköpfen ein Stück anhob.

Wir schraken auf. Der Gong zum Essen. Sechs Uhr: Graf Pierre Besuchow erwog allen Ernstes, seinen Leibeigenen die Freiheit zu schenken. Wir duckten uns.

»Wart ... einen Moment noch ... Exzellenz, sagte der Gutsverwalter verletzt, ich –«

»Nein! Vielleicht nachher. Das Buch muss blitzartig zurück!«

Als wir nach unten kamen, begannen unsere Brüder, Hippolyte und Tony, sich mit uns zu balgen und zu raufen, sie hoben uns hoch, wirbelten uns herum, warfen uns um und gaben sich alle Mühe, uns den Eindruck zu vermitteln, sie seien junge Tintenfische mit unzähligen Gliedmaßen. Seit sie als Stauer im Hafen von IJmuiden arbeiteten, rochen sie nach Meer. Auch in diesem Sommer hatten wir festgestellt, dass sie noch lachlustiger, breiter und behaarter waren, als wir sie das Jahr über in Erinnerung gehabt hatten. »Jetzt aber dalli, dalli!«, riefen sie unserer Stiefschwester zu, die gleich darauf mit einer Pfanne voll geschnetzeltem Rinderfilet ins Esszimmer trat.

»Ihr seid heute nicht ganz da«, sagte sie, als wir alle fünf eine Zeit lang vor uns hin gekaut hatten.

»Wo nicht da?«, murmelten wir. Unsere Augen glitten über ihr rotes Gesicht. Wir überlegten, wo sie wohl war. Weiter als Austerlitz, 20. November 1805? Weiter als das Duell im Schnee, im lichten Morgennebel? Ulkig, während sie sich noch einmal auftat, konnte sie sich an Momente erinnern, die für uns noch in weiter Ferne lagen. Wir sahen auf ihren träge schmatzenden Mund. Sie war eine langsame Leserin. Sie war eine Leserin, die sich ruhig und beharrlich durch eine Fülle von Ereignissen durcharbeitet, um diese dann in einer streng persönlichen Vergangenheit wegzuschließen.

»Esst weiter!«

Wir nickten und schlugen die Augen nieder. Als ob das Universum, das sie so eifersüchtig in ihrem Bett zu verstecken versuchte, nicht ein für alle Mal existierte. Als ob sich alles nicht gleich, für uns, wieder ganz von Neuem ereignen würde.

Hippolyte schob den Kopf vor.

»Guck-guck – aaaaah!«

Tony zog einen Geldschein aus der Brusttasche.

»Ihr könnt gleich mal Eis holen.«

»Danke«, sagten wir.

Am nächsten Tag herrschte eine unruhige Stimmung im Haus. Geübt, wie wir waren, und weil wir den Argwohn unserer Stiefschwester spürten, die – nebenbei gesagt – eine erlesene Wahl getroffen hatte, flogen unsere Augen so flink und ziellos wie ein Fuchs im Hühnerstall über die Zeilen. Liebesnächte, Kriegsverletzungen, Sommer, Winter, Familiendiners wurden von uns ohne genaueres Verständnis verschlungen. Was machte das schon? Wir wussten längst, dass die Welt unsere Komplizenschaft im Prinzip nicht wollte. Aber wir gingen Risiken ein. Mitgerissen von der einen gepunkteten Linie, die in dem Chaos deutlich, strahlend weiß aufleuchtete – die dreizehn-, vierzehn-, sechzehn-, die achtzehnjährige Natascha Rostowa hat gerade einen Heiratsantrag vom Fürsten Bolkonski erhalten –, hatten wir die Schritte unserer Stiefschwester nicht näher kommen hören.

Wir sagten zueinander: »Ich finde, er sieht ein bisschen aus wie der leibhaftige Tod ...«, als die Tür aufflog und wir uns wie Soldaten in der vordersten Linie vornüberfallen ließen.

»Ja, seht ihr denn nicht, dass es regnet?«

Sie begann die Sonnenmarkise hochzuziehen, und tatsächlich, ein violettgrauer Himmel dehnte sich zu unbestimmter Weite. Wir erklärten uns bereit, die Öljacken anzuziehen und Erdbeeren kaufen zu gehen.

An diesem Nachmittag bekamen wir nicht mehr viel Gelegenheit. Unsere Stiefschwester hatte beschlossen, uns zu verwöhnen, wir bekamen Erdbeeren mit Sahne, Nusseis, Melonentee, in Butter gebackene Eierkuchen, und gerade, als wir dachten, für den Rest des Nachmittags sturmfreie Bude zu haben, als wir voller Dankbarkeit die schweren Seiten wieder zwischen unseren Fingern fühlten und miterlebt hatten, dass unsere Heidin von Einsamkeit beschlichen wurde, von einer wollüstigen Art von Einsamkeit, die sowohl für sie selbst als auch für uns – die wir noch immer den Atem anhielten – höchst erregend war, gerade, als wir lasen, dass Anatole Kuragins größte, schönste, bedeutendste und ungezähmteste Beute Natascha hieß, da wurden wir nach unten gerufen, um eine ganze Schale frisch gebackenen Sandkuchen mit Zuckerguss und Mandeln zu verzieren und, wenn wir wollten, zu probieren.

»Wir sind bis oben hin voll«, sagten wir schließlich.

»Jetzt wollen wir wirklich nichts mehr.«

Als um sechs Uhr der Gongschlag durchs Haus rollte, waren wir gerade dabei, einen Liebesbrief zu lesen: »... *ich werde Dich entführen und bis ans Ende der Welt mitnehmen ...*« Wird sie es tun? Wird sie es tun? ging es uns im Kopf herum, während wir zuerst die Treppe zu der kleinen Schlafkammer hinaufstürmten und dann nach unten rannten.

»Ihr seid ja krank!«, riefen Hippolyte und Tony. Nicht nur, dass wir keinen Löffel von der Saueramptersuppe essen wollten, wir dachten auch nicht im Entferntesten daran, auf den Metallfrosch zu reagieren, den sie zwischen zwei Biergläsern hin und her hüpfen ließen. Wir lauerten zur Tür.

Da kam sie endlich. Sie stellte eine schwere Schüssel auf den Tisch, bediente uns alle vier wortlos und warf uns, bevor sie sich hinsetzte, einen derart reuevollen Blick zu, dass uns der Atem stockte und die Luft gefror...

So kam es, dass wir in dieser Woche wieder, miserabel gelaunt, durchs Haus zu geistern begannen. Wir schauten hinter Gardinen, rissen Dielenbretter heraus, klopften an Wände und versuchten schließlich, als alles nichts genützt hatte, voller Verzweiflung vom Gesicht unserer Stiefschwester abzulesen, ob Natascha tun würde, was wir, für uns selbst, schon längst beschlossen hatten: die Welt Welt sein zu lassen und sich der Leidenschaft, der Verruchtheit und dem Spiel des Abenteurers hinzugeben. Dem Schlitten und den schnellen Pferden. Wir sahen, wie ihre Wangen alle Farbe verloren.

Am Donnerstagabend gingen wir nach einem Zirkusbesuch entlang den Straßenbahnschienen nach Hause. Es regnete, und ein stürmischer Landwind blies. Ein vierjähriges Mädchen hatte auf einem silbernen Seil getanzt. Ein Schimmel hatte uns mit schlagenden Vorderhufen seinen schmutzig weißen Bauch gezeigt. Wir kamen in die Hoogstraat und entdeckten, dass unser Haus bis auf ein Fenster in Dunkelheit gehüllt war.

Warte. Verzaubert starrten wir nach oben – da stand unsere Stiefschwester in ihrem abgetragenen Regenmantel, Kapuze auf dem Kopf, mit verschlungenen Händen und starrte mit festem Blick aus dem Fenster ... Wir begriffen sofort.

»Sie tut's! Sie lässt sich von Anatole Kuragin entführen!«

In dieser Nacht waren wir unruhige Mädchen im Bett, die dem Vorbeijagen der Wolken vor dem Fenster zuschauten. Gegen Morgen hörten wir, dass sich der Wind legte. Wir schliefen bis zwölf.

Der Rest des Sommers bestand aus Buntstiften und Hergés gesammelten Werken. Wir wurden dicker und von Tag zu Tag träger, bis zu dem Morgen, an dem unsere Stiefschwester unsere Koffer packte, um sie hinten im Buick zu verstauen. Hippolyte und Tony knallten die Türen zu und fuhren uns quer durch das sonnige Land nach Venlo, wo wir erschöpft von allem Blödsinn ankamen: wie gewöhnlich als Erste. Wir umarmten unsere Brüder, traten durchs Tor, schnupperten den vertrauten, schleppenden Krankengeruch des Schlafsaals, öffneten die Fenster, wobei wir die Kapelle, den Speisesaal und die Ziegenställe vorläufig noch keines Blickes würdigten, und kamen erst sehr viel später dahinter, dass Natascha – höchstwahrscheinlich als Jungfrau – eine ehrbare Ehe eingegangen war.

Aus dem Niederländischen von Helga van Beuningen

Eine Freundschaft
Josepha Mendels

3. September 1939. Frankreich befindet sich im Krieg.
Ich schalte mein Radio aus, gehe auf den Boulevard, trinke
einen Café crème und schaue mir die Scharen von Männern,
Frauen und Kindern an, die wie in einem Aufmarsch vorbei-
ziehen. Ein Junge bleibt kurz stehen und drückt sein Gesicht
an die Fensterscheibe, hinter der ich sitze.

Seine Nase besteht nur noch aus zwei runden Löchern.

Als ich etwa zehn Jahre alt war, besuchte ich einen Onkel, der
Kothaufen aus Pappe in die Wohnzimmerecken legte, um mich
zum Lachen zu bringen, aber ich lachte nicht, ich trat darauf
und sagte: »Die kleben ja nicht mal.« Am nächsten Tag hing
aus einem seiner runden Nasenlöcher grüner Rotz aus Glas.
Ich nahm mein Taschentuch, stopfte das Ding hinein und sagte: »Das klebt ja nicht mal.«

»Mit dir kann man keinen Quatsch machen«, antwortete
er. »Du verstehst einfach keinen Spaß. Dir müsste man mal
gehörig den Hintern versohlen. Aber ich habe dich viel zu lieb,
als dass ich dich verprügeln könnte.« Und mit aufgeblasenen
Backen verließ er das Zimmer.

Meine Tante dagegen sorgte unfreiwillig für Heiterkeit. Sie
war klein und so dick, dass der Schaffner aussteigen musste,

um sie in die Straßenbahn zu hieven. Außerdem ließ er zwei Fahrgäste aufstehen, damit sie einen Sitzplatz hatte. Ich stand wie eine Schildwache neben ihr und schloss beschämt die Augen. Mein Onkel und meine Tante hatten eine Tochter, die zum Frühstück ein ganzes Glas Erdbeermarmelade auslöffelte, und einen Sohn, der aus mir damals unerfindlichen Gründen nie aus dem Bett kommen wollte.

Diese vier waren eine glückliche Familie ohne Sorgen und Streit, ebenso wie das Trio, bestehend aus einem anderen, vornehmeren Onkel, seiner Frau und ihrem einzigen Kind, einem verwöhnten Baby, das den Spinat so lange auf der Zunge behielt, bis sein Vater ihn wieder aus seinem Mund holte.

Wie köstlich ist doch zu Hause das eine Marmeladenbrot am Tag, zusammengeklappt mit einer zweiten Scheibe, die nicht belegt ist und trotzdem nach Zufriedenheit schmeckt. Wie warm und weich sind doch die Füße meiner Schwestern, wenn sie mich gemeinsam aus dem Bett schieben. Wo findet man solche Mädchen? Richtige Kröten und zugleich richtige Geschwister – einfach lieb. Und wie grün, wie gesund ist doch unser Spinat, in dem ich vergeblich nach gekochten Raupen suche.

»Dein Scheitel sitzt schief«, sagt meine Mutter und wickelt eine meiner Locken um den linken Zeigefinger. Mit dem anderen wischt sie mir einen Krümel vom Mund. Noch ein kurzer Blick in meine Ohren, ob sich auch nichts Gelbes darin verbirgt, und dann darf ich zur Schule.

Ich nannte sie die schönste Frau von der ganzen Welt, und sie musste darüber lachen. Ihr Lachen nannte ich das »zweite Lachen«, weil es klang, als hätte sie das erste heruntergeschluckt, so wie sie es auch mit dem Husten und Niesen machte. Sie verstand erst nicht, was ich damit meinte. Aber dieses Lachen – es musste doch noch ein anderes Geräusch davor kommen … Sie gab mir einen Kuss und sagte, man merke sehr wohl, dass ich mit der Glückshaube geboren sei und meine Schwestern nicht. Das wiederum verstand ich nicht, aber ich fragte nicht nach, ich musste an die Kothaufen aus Pappe und den Rotz aus Glas denken und wusste, dass es solche Scherze bei uns nicht geben würde.

»A penny for your thoughts.«
Ich antworte nicht.

»Sie haben ganz Recht, dass Sie schweigen«, sagt die Stimme, nun auf Französisch, ohne Akzent. »Wenn Sie sich mit jedem abgeben würden, der Sie anspricht! Allerdings bin ich nicht ›jeder‹.« Er nennt seinen Namen: J. M. Dieselben Initialen wie ich. »Ich möchte heute Abend unter Menschen sein, deshalb bin ich hierher gegangen. Ich wusste nicht, dass Sie neben mir sitzen, bis ich eben in Ihre Richtung geschaut habe und mich Ihr präpubertärer Ausdruck in den Bann gezogen hat, aber leider sind meine fünf englischen Wörter jetzt bedeutungslos, denn Sie haben die zehnjährige Kleine allzu rasch wieder hinter sich gelassen.«

V. J. vor und J. M. in einem Straßencafé. Ich hatte V. J. gefragt, ob er mich mit einem Lachen begleiten wolle. J. M. bietet J. M. nun an, sie nach Hause zu bringen.

Er ist rotblond, hager, nicht aufdringlich, er legt mir die Hand auf die Schulter, dirigiert mich an der Menge vorbei und begrüßt eine ältere Frau, die mit uns zusammen ein anderes Café betritt. Gemeinsam diskutieren wir über den Krieg, auf den das Land nicht vorbereitet war, über Luftschutzkeller, Hamsterkäufe, den Feind, die Armee und den unverbesserlichen Franzosen, der gegen Disziplin immun ist. Es ist schon spät, als wir sie zum Bus begleiten. Sie trägt an einem Fuß einen flachen Schuh und an dem anderen einen hohen, sie schwankt von rechts nach links, aber er legt seinen Arm um sie, und so fühlt sie sich sicher. Als sie weg ist, fragt er, ob ich noch ein Stück gehen möchte, nicht, wo ich wohne, und so lande ich schließlich bei ihm und nicht bei mir. Einerlei, wir haben ein Dach über dem Kopf, ob es nun meinem oder seinem Wirt gehört. Ich bin nicht mehr allein, ich bin wieder zwei, aber wieso um alles in der Welt – was soll ich mit diesem Mann? Er ist genauso verlegen wie ich, legt eine Platte auf und nimmt die Nadel wieder hoch, schaltet das Radio ein und wieder aus. »Wermut?«, fragt er. Er gibt mir Sherry und eine Zigarette. Dann entsteht eine Stille, in der ich alles ansehe, bloß ihn nicht, die antiken Möbel und die modernen Gemälde, den abgetretenen Teppich, drei glänzende Mülleimer, Bücher, ein Tintenfass mit Gänsefeder und das Porträt eines Jungen mit Brille, der Ähnlichkeit mit ihm hat. In einer Ecke steht eine Dusche, in einer anderen ein Spülbecken und ein Herd.

Das Fenster ist geöffnet, ich lehne mich hinaus, eine Frau mit einem Kind auf dem Arm und ein Mann laufen vorbei. Sie sagt: »Nun geh schon, es ist Zeit«, er antwortet: »Noch einmal in dir sein«, und zieht sie hinter einen Lastwagen.

Kindlein, Kindlein, was steckt der Papa denn da in Mutters Bauch – sie seufzen und stöhnen, oder ist es ein Lied für Babys

Erwachen? Und weißt du, was der Papa mitbringt, wenn er wieder nach Hause kommt? Sieben silberne Orden. Und was legt er dann auf Mutters lockiges Dreieck, bevor er hineingeht? Einen achten, aus echtem Gold!

Ich hatte noch eine Tante, die mich ihre Tochter nannte, weil ich ihr so ähnlich sah. Sie sagte: »Die Aufsätze, die du nicht für die Schule schreibst, sondern für dich selbst, musst du dir nur denken. Wenn du später Bücher schreibst, kommen diese Gedanken von allein wieder, und das werden dann die schönsten Geschichten. Ich bitte dich jetzt schon, nichts von mir zu erzählen, auch nicht von meinen toten Männern Karel Klein und Abram de Lange; beide haben mir wenig Glück gebracht, von Karel sind mir nur die Kätzchen von ›Katze‹ geblieben und von Abram dein Cousin Albert. Lass auch ihn ja aus dem Spiel, denn wenn es wieder einen Weltkrieg geben sollte, sind die Niederlande bestimmt daran beteiligt, und der Bub, der noch zur Grundschule geht, hat jetzt schon das Weiß und Blau von unserer Fahne abgerissen und das Rot um seinen Lampenschirm gehängt.«

»Kommen die Deutschen bis Paris?«

»Heute noch nicht.« Er steht hinter mir und streichelt meine Hüften. Ich kann es nicht sehen, nur fühlen. Ich will nicht fühlen. *Meine Herren, er macht ja Anstalten, wo soll ich hin?* Wie komme ich dazu, plötzlich in einer dritten Sprache zu denken, Deutsch? *Ich weiß es schon, es ist der Abschied von einer Sprache, die ich jetzt ebenso hasse, wie ich sie einst geliebt habe, Großmutti sang, ganz für mich allein:*

Josepha klein
läuft allein
in die große Welt hinein,
Rock und Hut
steh'n ihr gut
mit dem frischen Mut.
Doch die Mutter weint so sehr,
hat nun kein' Josepha mehr,
läuft geschwind
wie der Wind
bringt nach Haus das Kind.

»*A million for your thoughts,* Liebste«, sagt er jetzt und trägt mich zu seiner riesigen Bettcouch.

Ich antworte: »Ich habe so sehr geliebt, dass ich vor Ihnen noch nicht einmal meine Füße entblößen kann.«

Er macht das Licht aus, lässt mich auf der Decke liegen, küsst meine Hände und kriecht dann auf der anderen Seite unter die Decke.

Beim Erwachen duzen wir uns.

Als ich den vierten glänzenden Abfalleimer entdecke, frage ich: »Lässt du die mitgehen?«

»Ja, aus meinem Büro, ich lebe von galvanisierten Produkten, ich lebe sogar ganz gut davon.«

»Hast du im Chemieunterricht auch mal von Galvani geträumt?«

»Das weiß ich nicht mehr. Aber als ich Medizin studierte, hat mich seine Entdeckung des Galvanismus schon beeindruckt.«

27

»Du bist Arzt?«

»Nein, ich habe das Studium abgebrochen. Bin immer der
Typ des Berufsdilettanten geblieben. Ich bastle mir gerade ein
Puzzle aus zwei Teilen, auf dem ersten sind Zeichnungen von
dem, was ich gerne erreicht hätte oder wozu ich einfach nicht
gekommen bin, auf dem zweiten nur das, womit ich viel Geld
verdienen kann. Galvani muss als Einziger in beide Hälften
passen.«

»Ich bin ein typischer Fisch. Und was bist du?«

»Krebs. Magst du die gerne?«

»Meine Lieblingsspeise!«

»Kann ein großer Fisch einen Krebs verschlingen?«

»Ich denke, sie verhaken sich ineinander.«

Über Françoise, seine Frau: »Sie ist fünfzehn Jahre älter als
ich, sie wollte mich, ich sie nicht, aber ich konnte mich nicht
wehren, sie war so offensiv. Sie hat mir die Knöpfe von der
Hose gerissen.«

»Aber sie wird sie dir doch wohl wieder angenäht haben?«

»Schon zehn Minuten später, mit mütterlicher Inbrunst. An
meinem zwanzigsten Geburtstag wurde Dominique geboren.
Damit hatte sie zwei Kinder, um die sie sich kümmern konnte,
und von da an ging es nur noch darum, uns zu verhätscheln.
Ich konnte das nicht ertragen und habe mich befreit. Schei-
den lassen will sie sich nicht. Und trotzdem ...« Er sagt etwas
Positives, als hätte er Angst, ich würde ihn wegen seiner kli-
scheehaften Ehemisere verurteilen und ihm deshalb entgleiten.

Er erreicht das Gegenteil, Frauen interessieren mich, ich
fühle wie sie. Bei einem Mann trifft man immer irgendwo

auf Stacheldraht, und wenn man versucht, darüber hinweg-
zusteigen, ergeht es einem schlecht.

»Kann ich sie kennenlernen?«

»Ich rufe dich an und sage dir wann.«

Alles an ihr ist klein, Hände, Füße, Busen, Ohren, ausgenom-
men das Kunstgebiss mit den Pferdezähnen (das die Sozial-
versicherung teilweise erstattet hat), das wie die Faust aufs
Auge passt. Wir verstehen uns blendend, sie zieht mich ins
Vertrauen, er bleibe ihre große Liebe, was immer auch gesche-
he: »Dass er Sie und andere Freundinnen mit zu mir nimmt,
beweist doch, dass wir in völliger Harmonie leben.«

Das alles ärgert ihn maßlos. Er ist schon ein paar Mal vom
Tisch aufgestanden und hat die Haustür hinter sich zugeknallt.
Sie ist ihm nachgelaufen, aber gut, wenn man gerade eine
Schale mit *canard aux navets* in der Hand hat, geht das nicht
so schnell, und natürlich wartet er nicht auf den Aufzug, sondern rennt vier Stufen auf einmal die Treppe hinunter. Derweil
hat Dominique sein Notizbuch gezückt und darin ein Kreuz
gemacht, er liebt Statistiken.

In der ersten Zeit, als man noch von *une drôle de guerre* sprach,
gingen J. M. und ich oft ins Theater, ins Kino oder essen. Wenn
wir so Hand in Hand spazieren gingen, wirkten wir von hinten wie ein trautes Ehepaar, sagte mir mal jemand. Von vorne
zeigte unser Spiegelbild uns hin und wieder einen erhabenen
Clown mit seiner asozialen Schwester, die er zu beschützen und
zu erziehen hatte, was er ja auch tat. Als wir einmal in einem
Restaurant saßen, meinte er: »Der Franzose sagt: ›*Que Dieu*

nous protège d'autrui, und daran musst du dich halten, jedenfalls in diesem Land. Ich möchte, dass du in der Öffentlichkeit nur mir deine Aufmerksamkeit schenkst. Also schau dich bitte künftig nicht so um mit deinen großen Kulleraugen.«

Diese und viele andere Worte, die er, mitunter wie im Selbstgespräch, sagte, habe ich nie vergessen, und ich bin überzeugt, dass seine Weisheiten und Dummheiten die Basis unserer Freundschaft waren.

In Paris laufen viele große, schiefe und krumme Nasen herum. Ich falle also nicht besonders auf und melde mich erst bei der Polizei, um den verordneten Judenstern abzuholen, nachdem ich in einer Schule nach Unterrichtsschluss in jeder Reihe Kinder entdeckt habe, die dieses Kennzeichen tragen. Ich ändere Jude in Jüdin, Françoise heftet den Lappen an das Revers meines Kostüms, ein deutscher Soldat steckt eines Abends einen Bleistift darunter und schreit: »Annähen, sonst...« Ich sage: *»Scheiße«,* und sehe zu, dass ich wegkomme. Auf der Straße hält mich ein Schicksalsgenosse an und sagt mit jiddischem Akzent: »Trage ihn achtsam bis zum Ende des Krieges und bleibe gesund dabei.«

Von nun an setzt J. M. seine Worte in Taten um. Wir gehen nicht mehr Hand in Hand, er umschlingt mich, ich fühle mich wie ein Baby auf seinem Arm, wer könnte einem so arglosen Geschöpf etwas antun? Auf diese Weise lässt man den rotblonden Arier mit seiner unbestimmten Fracht vorerst unbehelligt, und in unserem Café hält ein Pfundskerl von der französischen Polizei Wache. Ist ein SS-Mann in Sicht, gibt er uns ein Zeichen.

Der letzte Wagen der Métro ist für Juden bestimmt, ich steige ein, und J. M. folgt mir. Bei jeder Station schiebe ich ihn Richtung Ausstieg. Er wehrt sich und sagt: »Ich dachte, die unvergesslichste Fahrt meines Lebens sei die auf einem goldenen Löwen mit blonder Mähne auf einem Dampfkarussell gewesen, aber nun ist es diese endlose Reise. Ich zwischen dir und den anderen, ich als Einziger, der fast vor Scham vergeht.«

Ein paar Tage später finde ich einen Zettel unter der Tür: »Zieh noch heute Abend zu Françoise.« Es ist das vereinbarte Warnzeichen. Die französischen Juden sind bereits deportiert worden, jetzt sind die ausländischen an der Reihe.

Ich packe allerlei in eine Tasche, Sachen, die ich absolut nicht brauche; ich hole noch einen Koffer, denn Ramuz will mit und Alain-Fournier und auch die rote Teetasse von Wandy, in die ich abends meine Uhr lege. »Und ich?«, fragt Stendhal. »Du vergisst doch nicht etwa *Le Rouge et le Noir* mit der Widmung ›für Wollie‹?«

Ich habe mich erst auf den Badewannenrand gesetzt, dann in die Wanne. Erst war ich V. J., der Wollie gestreichelt hat, und dann war ich Wollie, die an V. J. hochgeklettert ist. Ich habe mein Bett hochkant an die Wand gestellt, Tisch und Stühle umgedreht, die Teekanne zu Boden geworfen, aufgeweichte schwarze Blätter wie verendete Fliegen.

Und ich habe die Tür abgeschlossen, die Schlüssel in die Tasche gesteckt und bin aus dem Haus geschlichen.

Danach ging alles ganz schnell, es gab keine Tage und keine Nächte, nur Zeit, die drängte, einen gefälschten Ausweis, Adressen von Schleusern. J. M. und Françoise regelten dies und noch vieles mehr. Ich selbst tat nichts, ich dachte nichts und weinte nicht einmal, als ich die Nachricht bekam, dass meine Schwester Ada mit ihrem Mann und den Kindern deportiert worden war.

»Ich nenne dich Jopke«, hat Ada gesagt.

»Und wie weiter?«

»Reicht nicht ein Name?«

»Nein, denn ich bin schon lange gespalten.«

»Fällst du dann nicht auseinander?«

»Wenn noch einer da ist, kann er mich doch festhalten. Ist dir Jipke recht?«

»Ja. Sie darf bloß nicht aus unserem Lakritzglas naschen.«

Es gibt keine Schwester Ada mehr und auch kein Glas mit Lakritz, aber Jipke, mein zweites Ich, kehrte plötzlich vor meiner Abfahrt zurück, um mich aus der Wirklichkeit herauszuholen und in eine unbekannte Zukunft zu schieben.

Im August 1942 floh ich ins unbesetzte Frankreich.

J. M. hob mich und meinen Rucksack in den Zug, gab mir einen Kuss und ließ vom Bahnsteig aus durch das geöffnete Fenster seine Finger bestimmt zehnmal über meine laufen.

»*A penny for your thoughts*«, sagte ich nun meinerseits, und er antwortete: »Wenn der Krieg vorbei ist, wollen wir dann ein rothaariges Mädchen machen?«

Aus dem Niederländischen von Anna Carstens

Ente schwarzsauer
Anneloes Timmerije

▬ ▬ ▬ Tante Kiep schleicht auf nackten Füßen den Flur entlang. Mit der Linken hält sie die Aufschläge ihres Morgenmantels zusammen, in der Rechten trägt sie einen Becher Kaffee. Sie ignoriert mich. Wir bewegen uns aneinander vorbei und schauen woandershin, wie Katzen, die eine Konfrontation vermeiden wollen. Jetzt schon etwas zu sagen würde die Beschwörung des Morgens brechen.

Auch ich mag Stille zu dieser Stunde. Von mir aus könnte gesprochen werden, aber ich füge mich mühelos ihren Wünschen. So oft sehe ich sie ja nicht mehr. Während ich in die Küche gehe, höre ich, wie sie die Tür des Gästezimmers leise hinter sich schließt. Dann ist es wieder still in der Wohnung, nur aus dem Treppenhaus ist das Klonkklonk des Aufzugs zu hören.

Ich weiß, was sie in der Abgeschlossenheit ihres Zimmers macht. Sie stellt ihren Nescafé auf das Tischchen neben dem Bett. Danach lässt sie den dünnen Morgenmantel von den Schultern gleiten und vertreibt durch Dehnen den Schlaf aus ihren Gliedern. Das Satinnachthemd spannt über ihrem Gesäß, wenn sie den Oberkörper für die ersten Übungen vorbeugt. Hände flach auf den Boden vor ihren Füßen. Einundzwanzig Mal. Kniebeugen mit vorgestreckten Armen, im Gleichgewicht, einundzwanzig Mal. Drehen der Schultergelenke, jeweils einundzwanzig Mal. Und weiter nach unten: Brustmuskeln, Bauchmuskeln, Gesäßmuskeln. Sie beendet ihre Morgengymnastik mit Kopfkreisen. Sieben Mal gegen den Uhrzeigersinn, sieben

Mal im Uhrzeigersinn. An jedem der sieben Tage der Woche. Während die Badewanne vollläuft, trinkt sie ihren Kaffee, der erst dann genau die richtige Temperatur hat. Tante Kiep weiß, wie sie es will, schon seit dreiundachtzig Jahren.

Der Rhythmus ihrer Rituale ist selten im Einklang mit dem Rhythmus meiner Rituale. Trotzdem haben wir immer einen Weg gefunden, miteinander unser eigenes Leben zu führen. Das war schon so, bevor sie nach Den Haag zurückkehrte. Jetzt sind wir alle zwei Monate für ein paar Tage zusammen. Sie besucht mich, natürlich, nie andersherum.

Sie kommt freitagnachmittags, um fünf Uhr. Dann reden wir über die vergangenen Wochen. Sie im Sessel neben dem offenen Kamin, ich gegenüber auf dem Sofa, mit untergeschlagenen Beinen. Dann sagt sie, dass diese Sitzhaltung nicht gut für meinen Rücken ist. Das lasse ich so stehen, es ist angenehm, bemuttert zu werden. Außerdem machen ihre Geschichten derlei sanfte Ermahnungen mehr als wett. Wenn sie nicht hier ist, schicken wir einander Karten mit kurzen Nachrichten. Wir telefonieren selten, Tante Kiep mag das nicht.

Ich kenne sie schon mein ganzes Leben lang. Sie und meine Mutter, Kiep und Kat, waren Busenfreundinnen. Der richtige Name meiner Mutter war Cato, und sie heißt Frédérique. An ihrem ersten Schultag landeten sie nebeneinander in einer Bank. Dort fand ihre Wiedergeburt als keineiige Zwillinge statt. Dieses Wort erfanden sie gemeinsam, während sie eines Nachmittags ihre Füße im Fluss baumeln ließen. Sie haben ihre ganze Jugend nebeneinander verbracht, eigentlich ihre ganze Zeit in Niederländisch-Indien, nur das Lager unterbrach ihr Zusammensein.

Während ich heranwuchs, erzählte Tante Kiep mir, wer Kat gewesen war. Ich lauschte, aber nur den schönen Geschichten. Es waren keine Geschichten mit einem Anfang und einem Ende, eher Berichte. Wie sie von zu Hause zur Schule radelten zum Beispiel und welche Jungs ihnen gefielen oder auch wie sie entdeckten, dass sie beide ein Tagebuch mit rotem Einband besaßen und am selben Tag desselben Jahres zum ersten Mal ihren Spitznamen hineingeschrieben hatten, mit riesigen Buchstaben.

Tante Kiep liebt es, Namen zu verballhornen oder abzukürzen. Ein Spitzname ist der Ort, an dem die Seele wohnt, sagt sie. Es ist ein großes Ärgernis für sie, dass die Menschen hier der Seele so wenig Beachtung schenken. »Hier«, das sind die Niederlande.

Ihre Lebenswege waren vorbestimmt, sich zu kreuzen, davon war Kat überzeugt gewesen. Allein schon deswegen ließen wir sie in Geschichten weiterleben, aber auch weil wir beide diejenige verloren hatten, die wir am meisten geliebt hatten.

Ich habe alle Fotos gesehen, die es von Kat noch gibt. Dadurch weiß ich, wie sie den Kopf zurückwarf, wenn sie lachte, wie eine Haarlocke *ein* Auge bedeckte, wenn sie ernst war. Ich weiß, dass ihre Hände geschmeidig und wettergegerbt waren und dass ihr Mund sich rechts stärker kräuselte als links. Tante Kiep zufolge konnte sie Spanischen Pfeffer roh essen, ohne eine Miene zu verziehen. Manchmal glaube ich sie zu kennen.

Mein Name ist Sofia, ich habe eine Wohnung mit einem Garten, ein blaues und ein braunes Auge und eine Autophobie. Erstere bekam ich von Tante Kiep, zum bestandenen Examen.

Exorbitant, ich weiß, aber ich will mich auch gar nicht beklagen. Das Zweite ist genetisch bedingt, und die Angst, mich anders als zu Fuß oder mit dem Fahrrad fortzubewegen, habe ich mir im Laufe meines Lebens zugezogen. Die Menschen in meiner Umgebung empfinden das als lästig. Ich nicht.

Thomas, meine ehemalige Liebe, führt einen Kreuzzug gegen das, was er als unnütze Angst bezeichnet, sogar jetzt noch. Seit er einen Job in einem Auktionshaus in Den Haag angenommen und beschlossen hat, in der Nähe seiner Arbeitsstelle zu wohnen, erreicht mich sein Feldzug übers Netz. Letzte Woche erst mailte er: »Du musst es einfach wollen.«

Ich mailte zurück: »Müssen ist der Feind allen Wollens.«

Thomas sagt gern, was er denkt, das ist eines der Dinge, in denen wir uns unterscheiden. In der untersten Schublade meines Schreibtischs liegt ein kleiner Stapel Prospekte von Phobiezentren und Verhaltenstherapeuten. Die steckt er mir immer wieder mal zu. Ich stecke sie weg.

Ich bestreite meinen Lebensunterhalt mit dem Übersetzen von Romanen aus dem Englischen, wenn ich Glück habe. Häufiger sind es Kochbücher, Reisebücher oder auch langweilige Geschäftstexte. Übersetzen macht süchtig, und daher tue ich es meist an sechs Tagen die Woche. Mein Schreibtisch steht in dem, was Tantchens Zimmer war, als sie noch bei mir wohnte. Es ist ein kahler Raum, mit ansonsten lediglich einem Bücherschrank, einem Stuhl und einem Computer. Die langen Tüllgardinen vor der Flügeltür zum Garten habe ich hängen lassen, wodurch das Licht mich an sie erinnert.

Manchmal gibt es einen Mann in meinem Leben, aber nie für lange. Thomas zufolge, der Psychologie studiert hat, bevor er zu Kunstgeschichte wechselte, habe ich eine Partnerwahl-neurose. Tante Kiep lacht das weg. Sie findet, dass Frauen in der Regel besser dran sind ohne Männer, aber diese Ansicht rührt von ihrer eigenen, unglücklichen Wahl her.

Gestern Nachmittag, auf dem Bahnsteig, kam sie lachend auf mich zu, aufrecht und hochgewachsen, noch immer eine schöne Frau, und begrüßte mich mit schnaufenden Küssen. Wir gingen zu meiner Wohnung, sie mit fest unter den Arm geklemmter Handtasche, denn jeder Passant ist ein potenzieller Dieb. Ich merkte, dass etwas mit ihr nicht in Ordnung war, weil sie mich ohne Murren ihr Köfferchen tragen ließ. Als ich sie danach fragte, schaute sie nach oben und sagte, die Flügel-nüsse hätten schon beachtlich viele Blätter.

Wir essen unser Brötchen im Garten. In einer der Wohnun-gen an der Stirnseite des Gebäudes spielt ein Junge Saxophon am offenen Fenster. An dem leichten, fast unmerklichen Hüp-fer ihrer Augenbrauen erkenne ich, dass Tante Kiep sich är-gert. Sie behauptet immer, aus diesem Grund sei sie nach Den Haag zurückgezogen. Es sei ihr hier zu lärmig geworden, und außerdem fand sie, der Garten sei nicht privat genug. »All die Gesichter, die auf einen runterschauen, die machen mich nervös.«

Ich selber denke, sie zog damals bei mir ein, weil ich sie dar-um bat, nicht weil sie es wollte. Sie hing immer sehr an ihrem Haus in Benoordenhout, und mit vorausschauendem Blick ver-mietete sie es, anstatt es zu verkaufen, so dass es vor einigen Jahren unkompliziert für sie war, in ihre Stadt zurückzukehren. Ich kann mir auch vorstellen, dass sie die Nähe ihrer Freundinnen vermisste, und vielleicht wollte sie auch für Thomas Platz machen. Ich bin mir nicht sicher, denn Tantchens Beweggründe, etwas zu tun oder zu lassen, sind meist recht nebulös.

Tante Kiep zündet sich eine Zigarette an und sagt mit gedämpfter Stimme, ich müsse die Glockenblumen hochbinden, es sei denn, ich wollte, dass die langen Stängel unter dem Gewicht der Blüten abknickten. Wenn sie hier ist, benimmt sie sich so, als wäre sie nie weggegangen. Es stört mich nicht.

Sie steht auf und macht einen Rundgang durch den Garten. Ihre Hände zwicken hier und da mit geübten Bewegungen verwelkte Blütenreste ab. Sie blickt auf Pflanzen, als wären es Menschen, und kommentiert lautlos ihr Verhalten.

»Soof«, sagt Tante Kiep etwas später.

Ich weiß, was sie jetzt sagen wird, denn Tante Kiep spricht, als würde sie singen. In der Melodie verbirgt sich die geheime Bedeutung ihrer Worte, so als spräche sie zwei Sprachen gleichzeitig.

»Ich sterbe – ich schätze, in einer Woche.«

Tante Kiep denkt mit einiger Regelmäßigkeit, dass sie stirbt. Merkwürdigerweise gerät sie nicht in Panik, wenn sie meint, ihre Tage seien gezählt. Sie teilt es mit der Gelassenheit eines Menschen mit, der das Ende akzeptiert. Nur der abwesende Blick in ihren Augen deutet darauf hin, dass etwas mit ihr nicht in Ordnung ist.

In diesen Zeiten der Verwirrung, die sie selbst als ihre Wahnvorstellungen bezeichnet, hat sie so viele Stimmen im Kopf, dass sie ihre eigenen Gedanken nicht hören kann. Beim ersten Mal, als Tantchen mir davon erzählte, wohnte sie erst ein paar Monate in Amsterdam. Wir tranken Tee am Küchentisch, mitten in der Nacht. Ich war von ihrem Gepolter aufgewacht und in der Annahme, sie sei krank, aus dem Bett gestürzt, da Lärm ihr normalerweise fremd ist. Ich fand sie an die Spüle gelehnt, völlig aufgelöst. Es schien, als könnte sie sich nicht mehr vorstellen, dass der Teebeutel und das kochende Wasser beide in die bereitstehende Teekanne gehörten. Sie kicherte in einer Weise, die ich nicht an ihr kannte.

Am nächsten Morgen verließ ich nach dem Frühstück das Haus, um eine Übersetzung bei einem der Verlage abzuliefern, für die ich arbeite. Ich dürfte nicht länger als zwei Stunden weg gewesen sein, doch in dieser Zeit hatte sich meine Tante fast bis zur Unkenntlichkeit verändert. Die stolze Frau mit dem leicht spöttischen Blick war verschwunden, verdrängt von einer Hülle um eine emotionslose Leere. Damals sprach sie zum ersten Mal vom Tod und gleich mit derselben Entschiedenheit.

Sie blieb den ganzen Tag in ihrem Zimmer, nahm nur Tee von mir an. Am nächsten Tag kam sie in die Küche, eingehüllt in Badeduft, sie lachte und sagte: »Ich fühle mich wie ein Haus mit der Tür in der Mitte.«

Ich wusste genau, was sie meinte. Während unserer Radtouren in den Ferien wetteiferten wir immer darin, wer als Erste eines sah. Ich träumte damals von so einem Haus, obwohl ich erst Jahre später verstand, warum. Die Symmetrie eines Hauses mit der Tür in der Mitte schenkt Ruhe, und die Logik der Aufteilung verleiht Schönheit. Es sind Häuser, bei denen alles stimmt. Tante Kieps Wahnvorstellungen erschüttern sie in ihren Grundfesten, doch sobald sie vorbei sind, ist alles wieder im Lot, sogar besser als zuvor.

Trotz meiner dringenden Bitten hat sie nie einen Arzt konsultieren wollen. Tante Kiep hegt ein unerschütterliches Misstrauen gegenüber der westlichen Medizin. Sie findet ihr Heil in durchblutungsfördernden Kräutern, und ansonsten akzeptiert sie die Wahnvorstellungen als Teil des Älterwerdens. »Ein Problem kannst du lösen, eine Tatsache musst du akzeptieren«, sagt sie. Tante Kiep hat Lehrsätze für jede Lebensphase. Sie reichen von dreimal siebenmal kauen, bevor man schluckt, bis dahin, immer eine Flasche Champagner im Kühlschrank zu haben, um auf unverhoffte Glücksmomente anstoßen zu können.

Die Wahnvorstellungen suchen sie in der Regel alle vier, fünf Monate heim. Daher alarmiert mich die Ankündigung ihres Ablebens nicht. Allerdings überrascht sie mich mit dem Zusatz: eine Woche – sieben Tage. So etwas hat sie bisher noch nie gesagt.

Am späteren Nachmittag spazieren wir durch die Geschäftsstraße zum Park. Im belebten Teil begegnen wir den Nachbarn aus dem ersten Stock links. Sie begrüßen Tante Kiep mit einer Herzlichkeit, die ihr guttut. Als wir weitergehen, sie fest bei mir untergehakt, spüre ich, dass sie noch immer gesehen werden will. Ihr stolzer Blick durchbohrt die Gesichter von Passanten, bis diese den Blick senken oder auf mich richten. Sie erreicht das Gegenteil dessen, was sie möchte.

Mitten im Park ruhen wir uns kurz auf einer Bank am Teich aus. Das erscheint mir als guter Augenblick, mich vorsichtig nach den Gründen für diese sieben Tage zu erkundigen. Ich erhalte eine Antwort, allerdings nicht auf meine Frage.

Tante Kiep rückt ein Stück von mir weg und nimmt ihre Erzählhaltung ein: Rücken durchgedrückt, Hände im Schoß gefaltet. Sie wartet, bis ein dickliches Mädchen mit einem großen Hund und ein Mann mit Mütze vorbeigegangen sind, und sagt dann: »Antonius muss nach draußen.«

Tante Kiep fängt öfter mal mit der Pointe der Geschichte an. Jetzt kommt es darauf an, sie nicht mit Fragen oder Ermunterungen zu stören. Es ist, als könnte sie ihre Gedanken erst ordnen, wenn sie gesagt hat, wohin sie will. Das gehört zu ihr; sie benutzt auch immer erst den Staubsauger, bevor sie zum Staubtuch greift.

»Wenn meine Mutter etwas verloren hatte, betete sie zum heiligen Antonius.«

Die Mutter von Tante Kiep hatte sich nach ihrer Heirat mit einem holländischen Postdirektor in den Katholizismus gestürzt. Die für ihre Heimat typische Mystik, mit der sie aufgewachsen war, verbannte sie, um lautlos in der irdischen Welt ihres Ehemannes aufzugehen. Sie fand Ersatz in den katholischen Heiligen, mit denen sie ungestört und in angepasster Form nach Belieben verfahren konnte.

»Meist tauchte der verlorene Gegenstand binnen einer Stunde nach ihrem Gebet wieder auf«, sagt Tante Kiep mit fernem Blick, wie so oft, wenn sie von ihrer Jugend erzählt. »Aber manchmal war Antonius faul. Dafür hatte meine Mutter im Laufe der Jahre ein ausgezeichnetes Mittel gefunden. Sie trug die Figur nach draußen und ließ sie so lange zwischen den Büschen stehen, bis sie das Gesuchte gefunden hatte. Kat hatte Mitleid mit ihr, vor allem in der Regenzeit«, sagt Tantchen. »Wenn sie bei uns war, stellte sie sie heimlich unter das Dach der Veranda.«

»Warum muss Antonius heute nach draußen?«, frage ich.

»Weil ich etwas nicht finden kann.«

»Vielleicht kann ich dir suchen helfen«, sage ich, aber Tante Kiep hört mich nicht.

Sie schließt die Augen und murmelt. Ihr Gebet klingt wie ein Kinderlied.

»Heiliger Antonius, guter Freund, hilf, dass ich ...« Sie stockt.

»Was suchst du denn?«

»Antonius«, sagt sie, »ich finde Antonius nicht mehr.«

Kat und Kiep hätten Schwestern sein können. Selbst auf den vergilbten Schwarz-Weiß-Fotos ist ihre Ähnlichkeit deutlich erkennbar. Nur vom Charakter her waren sie Gegenpole, zumindest fanden sie das selbst. Das war die Grundlage ihrer Freundschaft. Sie bewunderten sich gegenseitig für das, was sie selbst nicht waren. Meine Mutter hatte die *guts*, Tante Kiep die *looks*. Tantchen ergänzt dann immer, es gehe merkwürdig zu auf der Welt, denn trotzdem sei es immer Kat gewesen, nach der sich die Köpfe umdrehten, egal wo sie waren.

Meine eigene Erinnerung an sie ist von den Erzählungen beeinflusst und von den vielen Fotos, die ich gesehen habe. Ich spüre aber noch die Geborgenheit meiner ersten Jahre, und manchmal meine ich den Klang ihrer Stimme zu hören. Ich weiß allerdings nicht, ob er der Realität entspricht. Ich war acht, als sie und mein Vater unter zehn Metern österreichischem Schnee verschüttet wurden.

In jenen Ferien war ich bei Tante Kiep in Den Haag. Ich hatte mich davor gegrault, weil ich sie nicht gut kannte. Außerdem hatte ich Angst, ich würde mich bei ihr langweilen. Sie erschien mir zwar nett, aber ich fand sie auch steif und pingelig. Und bei ihr galten Regeln.

Ich kannte nur eine Regel: die Erzählregel. Nach dem Abendessen mussten meine Mutter, mein Vater und ich eine Geschichte erzählen. Es spielte keine Rolle, worüber, sie brauchte nicht einmal wahr zu sein, Hauptsache, sie war lustig. Traurige und gruselige Geschichten waren verboten. Meine Mutter fand es wichtig, dass man mit einem Lächeln auf dem Gesicht einschlief. Daran erinnere ich mich noch.

Sie waren bereits drei Tage tot, als die Nachricht uns erreichte; Nachrichten reisten zu jener Zeit weniger schnell. Zurückgerechnet musste das Unglück sich an dem Nachmittag ereignet haben, als Tante Kiep und ich mit aufgekrempelten Ärmeln den Teig für Butterkekse kneteten. Tante Kiep hatte eine kleine Kiste vom Dachboden geholt, damit ich leichter an die Arbeitsfläche kam. Das Mehl, das aus der Teigschüssel aufstob, rieselte auf den Boden rund um die Kiste, und es überraschte mich, dass sie deswegen nicht böse wurde. Sie sagte nur, wir müssten alles wieder ordentlich aufräumen, bevor Onkel Vin nach Hause käme. Das war am Mittwoch, dem Kekstag.

Tante Kiep hatte die Tage meiner Besuchswoche bei ihr nach den Dingen benannt, die wir gemeinsam unternehmen wollten. Sie standen in Schönschrift auf einem großen Blatt Papier, das über meinem Bett im Gästezimmer hing. Tante Kiep hatte einen achttägigen Kalender daraus gemacht. Jeden Tag der Besuchswoche schmückte eine eigene, mit Wasserfarben gemalte Blume. Darunter hatte sie mit Ausziehtusche feine Linien gezogen, auf denen ich schreiben konnte, wie der Tag gewesen war.

Es war originell und sicherlich nett gemeint, aber es war auch rigoros. Denn an Tante Kieps Programm durfte nicht gerüttelt werden. Der erste Tag auf dem Kalender, Samstag, hieß Eingewöhntag. Wir unternahmen nichts, außer Tee zu trinken und Spiele zu spielen, die zu zweit keinen Spaß machten. Die Zeilen blieben leer, denn mir fielen nur unnette Dinge ein. Sonntag war Tiertag, obwohl es weit nach dem 4. Oktober war. Tante Kiep fuhr mit mir in den Zoo Blijdorp und sagte, wie schön sie es mit mir finde. Onkel Vin blieb zu Hause. Er war so beschäftigt, dass er sogar sonntags arbeiten musste. Das fand ich schade, denn mit ihm konnte man wenigstens lachen.

Vor dem Käfig mit einem einsamen Tiger brachte Tante Kiep mir das Wort für »Katze« in der Sprache des Landes bei, in dem sie und ihre Freundin aufgewachsen waren. Am Abend übte ich mein neues Wort erst auf einem Schmierblock, so lange, bis er mir von allein aus der Feder floss, und schrieb es dann in den schönsten Buchstaben, die ich zustande brachte, zwischen die Linien von Tante Kieps Kalender: *kucing*.

Ich vermisste meine Mutter.

Am Verwöhntag bekam ich ein neues Kleid, einfach so. Dadurch kam mir Tante Kiep plötzlich viel netter vor, das muss ich zugeben. Heute weiß ich, dass diese Tage für sie genauso mühsam waren wie für mich; sie hatte schließlich keine Erfahrung damit, ständig von einem Kind umgeben zu sein. Den letzten Tag, den Samstag, an dem ich wieder nach Hause fahren sollte, hatte sie Knuddeltag genannt, denn, sagte Tante Kiep, Kat wollte bestimmt ganz doll knuddeln, weil sie mich so lange nicht gesehen hatte, und sie selbst würde mich knuddeln, wenn wir uns verabschieden mussten.

Es wurde ein Tag der Tränen. Ich wachte vom Rascheln ihres Rocks auf und dachte, es wäre Zeit aufzustehen. Doch was ich für die Morgendämmerung gehalten hatte, war das Flurlicht, das durch die Scheibe in der Tür hereinfiel. Unten waren Stimmen zu hören. Ich erkannte die von Onkel Vin, die andere Männerstimme war mir fremd.

Tante Kiep legte sich neben mich in das große Gästebett. Sie nahm meine Hand in ihre und sagte, Onkel Vin spreche mit einem Polizisten. Sie erzählte mir, was sie gerade erfahren hatten.

Tante Kiep blieb, bis das erste Licht durch die Vorhänge lugte. Als ich etwas später nach einem kurzen Schlummer erwachte, lag sie immer noch da. Kurz darauf erzählte sie mir die erste Geschichte von Kiep und Kat.

»Kat und ich waren ungefähr so alt, wie du jetzt bist.«

Ihre Stimme war brüchig, sie räusperte sich.

Die Mädchen waren in der Klasse von Fräulein Bal, der beliebtesten Lehrerin der Schule. Sie liebten sie, weil sie fröhlich war und Kleider nach der neuesten Mode trug. Wenn sie morgens in die Klasse kamen, saß ihre Lehrerin schon am Pult und richtete sich die Frisur. Laut Tante Kieps Mutter war es unschicklich, so etwas in der Öffentlichkeit zu tun, doch die Mädchen fanden gerade das toll. Sobald alle saßen, steckte Fräulein Bal ihren Kamm in ein Schlangenlederetui mit Druckknopf und legte es in die rechte Ecke des Pults.

»Sie war auch eine ›Indische‹«, sagte Tante Kiep.

»Was ist das?«, fragte ich.

»Dass Kat dir das nie erzählt hat«, sagte Tante Kiep. Sie versuchte, mir die Bedeutung dieses Wortes zu erklären, kam aber nicht weiter als: »dass man etwas von dem Land hat, dass die Haut die Farbe hat von … nicht ganz weiß ist«.

»So wie ich?«

»So wie du.«

»Und du?«

Tantchen nickte.

»Ist das gut oder schlecht?«, fragte ich.

»Weder noch«, sagte Tante Kiep.

Eines Tages hatte Tante Kiep beschlossen, dass sie das Etui haben wollte. Kurz bevor der Unterricht zu Ende war, flüsterte Kiep ihrer Freundin zu, sie solle es vom Pult nehmen, denn sie sitze am nächsten dran. Kat kicherte, sie hielt es für einen Scherz.

»Aber ich wollte es wirklich haben«, sagte Tante Kiep zu mir.

»Warum?«, fragte ich.

»… ach, das weiß ich nicht mehr.«

Kiep sagte zu Kat, sie solle es in ihre Schultasche stecken. Kat weigerte sich. Kiep sagte, es sei ein Test, ein Test für wahre Freundschaft.

»Niemand konnte je beweisen, dass wir es gestohlen hatten. Aber Vermutungen gab es durchaus. Kat und ich bekamen sogar den Stock des Rektors zu spüren.«

Ich hatte Tante Kiep inzwischen den Rücken zugedreht. Sie streichelte mein Haar. Am Zucken ihrer Hand spürte ich, dass sie weinte.

»Sie hat mich nie verraten, weißt du. Sie hat es mir verziehen, wirklich verziehen. So war sie.«

Ein paar Monate später, als die Tage das Fransige zu verlieren begannen, sagte sie, dass sie jetzt meine Mutter sei und wie es dazu gekommen sei. Wir saßen am Küchentisch, dem Ort, so lernte ich in meinem Leben mit ihr, an dem wichtige Gespräche geführt werden. Aber ich wollte ihre Geschichte nicht hören, denn es war eine scheußliche Geschichte. Also schrie ich – bis sie schwieg.

»Ich geh mal ein bisschen lesen«, sagt Tante Kiep nach dem Spaziergang durch den Park und zieht sich ins Gästezimmer zurück. Das ist der Moment des Tages, an dem sie ein Nickerchen macht, obwohl sie das niemals zugeben würde. Ich lasse sie gewähren. Ich selbst lege am späten Nachmittag gern eine Patience. Derweil höre ich im Radio BBC, um mich im Englischen fit zu halten. Sie lässt mich gewähren. Tante Kiep und ich lieben feste Muster. Wir fügen unsere Gewohnheiten zusammen wie ein altes Ehepaar.

Ein Stündchen später bringe ich ihr eine Tasse Tee. Sie reagiert nicht auf mein Klopfen. Ich drücke die Tür einen Spaltbreit auf und rufe ihren Namen. Tante Kiep liegt nicht im Bett, sie steht vor dem Spiegel – unbekleidet. Die alte Haut ist eine Nummer zu groß für ihren Rücken.

»Dies ist die nackte Wahrheit«, sagt sie, als ich ihr in den Morgenmantel helfe, »der muss man ins Auge sehen.«

»Ich sehe sie, Tantchen«, sage ich und bette sie im Wohnzimmer aufs Sofa, zugedeckt mit einer Decke. Sie ist nicht abwesender als sonst in ihren Zeiten der Verwirrung, aber sie ist fiebrig. Darum schlage ich ihr vor, den Wochenendarzt zu rufen.

Sie lacht mich aus. »Was für eine lächerliche Idee«, sagt sie, »übertreib nicht so.«

Ich finde, dass sie sich unverantwortlich benimmt, und gebe ihr das auch unumwunden zu verstehen. Sie schaut mich an, starr. Sie schaut so lange, bis von meinem Widerstand nur noch Maulen übrig ist. Das kann sie richtig gut.

»Was du sagst, ist wahr, aber was wahr ist, brauchst du nicht immer zu sagen«, flüstert sie.

Ich bin zu direkt gewesen. Das mag sie nicht.

Es ist Montag. Ich lese in meinem Arbeitszimmer die letzten Kapitel eines Buches über einen Mann, der nicht weiß, dass er nicht riechen kann. Eines Morgens wird er in dem Bewusstsein wach, dass ihm etwas fehlt, und er beschließt zu suchen, was er verloren hat. Ich schlage das Buch zu, rechne aus, wie viel Zeit ich für die Übersetzung brauche, und maile dem Verleger, dass ich den Auftrag übernehme.

Tante Kiep ist gestern Nachmittag zur gewohnten Zeit nach Hause gefahren, obwohl sie noch nicht wieder ganz die Alte war. Meiner Meinung nach jedenfalls, sie selbst dachte ganz anders darüber. Ich bat sie, noch ein paar Tage zu bleiben, sie wollte nicht. Ich hätte natürlich mit ihr mitfahren müssen, ich tat es nicht.

Seit ich nach Amsterdam gezogen bin, habe ich in keinem Auto mehr gesessen. Ich will nicht abstreiten, dass das merkwürdig ist. Andererseits bin ich mit meinem Dasein, das andere eingeschränkt finden mögen, vollkommen zufrieden. In Momenten des Zweifelns blicke ich auf den Spruch an der Pinnwand neben meinem Schreibtisch: *I have travelled extensively in Concord.* Henry David Thoreau. Deswegen hat er kein Buch weniger geschrieben.

Ich finde alles, was ich brauche, in meiner eigenen Stadt. Ich muss nirgendwo anders hin, also will ich nirgendwo anders hin. Und umgekehrt. Thoreaus Motive, sich nicht fortzubewegen, rührten nicht von Angst her. Obwohl, das weiß man nie. Seine Überzeugung, wonach man nur dann zu seinem tiefsten Wesenskern vordringen könne, wenn man so genügsam wie möglich lebt, könnte eine Tarnung gewesen sein. Damit kenne ich mich bestens aus. Angst verwandelt Ausflüchte in Wahrheiten.

Thomas machte es mit der Zeit schlichtweg wahnsinnig. Trotzdem war das für mich nie ein Grund, etwas dagegen zu unternehmen. Wenn ich mich fortbewege, tue ich das zu Fuß oder mit dem Fahrrad. Auto fahren kann ich nicht und will ich nicht. Ich sitze nie in einem Zug und auch nicht in einem Taxi oder einem Flugzeug. Bei der Straßenbahn mache ich eine Ausnahme, aber nur wenn es sehr stark regnet oder wenn Tante Kiep bei mir zu Besuch ist.

Beim Abschied auf dem Bahnsteig machte Tantchen *ein* Zugeständnis. »Gut, ruf mich an, vormittags, Punkt zehn. Dann weiß ich, dass du es bist.«

Das Foto, das Tante Kiep immer am liebsten zur Hand nahm, um ihre Erzählungen zu illustrieren, zeigt zwei unbekümmerte achtzehnjährige Mädchen. Es muss kurz vor der japanischen Okkupation aufgenommen worden sein, nur wussten sie nicht, dass sich die Dinge dahin entwickeln würden. Das Bild gibt wenig von der Umgebung preis, abgesehen von einer sepiafarbenen Bougainvillea, die sich um einen Zaun windet. Ansonsten ist an nichts zu erkennen, dass die Straße, auf der sie flanieren, in den Tropen lag. Flatternde Haare und wehende Röcke, mitten in der Bewegung erstarrt. Schlanke Knöchel über jungen Füßen, die wie geschaffen scheinen für die hochhackige Schuhmode jener Zeit.

Tante Kiep zufolge kann man sehr wohl erkennen, dass das Foto in Niederländisch-Indien aufgenommen wurde. Sie sagte einmal, die Frauen in Holland kleideten sich wie Dienstbotinnen: tantenhaft. Auch in den besseren Kreisen. In Niederländisch-Indien hatte man dagegen mehr Gespür für Stil. Tante Kiep legt Wert auf Stil und auf Manieren. Dieses Streben nach Perfektion ist es wahrscheinlich, was ihr zusetzt. Jenes alte Foto hält ihre unbestreitbare Schönheit gefangen, während Kat, weit entfernt von jeder Perfektion, die Welt so zu nehmen scheint, wie sie ist.

Ich ähnele ihr nicht. Tante Kiep findet, ich habe die Züge meines Vaters. Sie sagt das aber nie ausdrücklich, denn sie mochte ihn nicht. Das weiß ich, weil sie nur auf mein Bitten hin über ihn spricht. Die wenigen Fotos, die es von ihm gibt, sind zu körnig, um eine Ähnlichkeit zu zeigen.

Ich weiß auch, dass ich als kleines Mädchen einmal tagelang mit einem Pflaster auf meinem blauen Auge herumlief. Ich fand, es müsse wieder gesund, wieder braun werden. Meine Mutter setzte mich auf einen Hocker vor den Spiegel und stellte sich hinter mich. Ganz vorsichtig zupfte sie das Pflaster von meinem rechten Lid. »Schau«, sagte sie. »Das sieht jeder, der dich anschaut. Du hast zwei Seelen, eine östliche und eine westliche.«

Dies ist eine der wenigen Erinnerungen an sie, von denen ich weiß, es sind meine eigenen. Ich bin mir so sicher, weil ich nie mit jemandem darüber gesprochen habe, nicht einmal mit Tantchen.

Wer sie wirklich war, werde ich nie wissen. Außer den Briefen an ihre Freundin hat sie keine schriftlichen Zeugnisse hinterlassen. Ihr Bruder wanderte nach dem Krieg nach Australien aus, wo er jung verstarb. Die Menschen, die sie gekannt haben, sind tot oder in Vergessenheit geraten. Meine einzige Quelle ist Tante Kiep, und ihre Augen blicken lediglich auf die Frau zurück, die einst ihre Freundin war. Sie vermisst sie auch heute noch, und vor allem wenn Tantchen und ich aneinandergeraten, schmerzt ihre Abwesenheit. »Wärst du nur mehr wie Kat«, habe ich öfter zu hören bekommen, als mir lieb ist.

Ich rufe sie an, Punkt zehn Uhr, und frage, ob sich Antonius wieder eingefunden hat.

Sie antwortet mit: »Ich habe Vin gesprochen.«

Wenn Tantchen etwas erzählen will, muss sie erst erzählen, bevor sie Fragen beantworten kann, also höre ich zu.

»Er sagt, dass er sich wieder jung fühlt, aber ich glaube ihm natürlich kein Wort. Obwohl, er sah gut aus.«

»War es ein schöner Traum?«, frage ich.

»Soof, es war kein Traum. Er war hier. Es sah aus, als würde er ganz normal auf dem Stuhl neben meinem Bett sitzen, aber ich habe ganz deutlich gesehen, dass sein Hintern ein klein wenig über der Sitzfläche schwebte. Er hat natürlich kein Gewicht mehr.«

»Hat er noch was gesagt?«

»Ach ja, fast hätte ich vergessen, dir das zu erzählen. Er sagte, ich soll das Haus verkaufen.«

Tante Kiep bugsierte ihren Mann in dem Moment aus dem Den Haager Haus, als ich bei ihr einzog. Diese beiden Ereignisse fielen zufällig zusammen, sie und Vin hatten bereits vor meiner Ankunft beschlossen, sich zu trennen. Scheidungen waren keine fürchterliche Schande mehr, und in dem neuen gesellschaftlichen Klima nutzte Tante Kiep ihre Chance. Erst Jahre später, kurz nach meinem achtzehnten Geburtstag, erfuhr ich den Grund für diese Entscheidung. Sie erzählte es mir eines Sonntagnachmittags, nach einem tüchtigen Quantum Wermut. Das brauchte sie, um den Mund aufmachen und von dem erzählen zu können, was sie als die Jahre der Lüge bezeichnete.

»Es war nicht seine Schuld, weißt du«, begann sie.

Ich sah, wie ängstlich und unsicher es sie machte, über den verschleierten, nichtöffentlichen Teil ihres Lebens sprechen zu müssen. Ihre Geschichte war für mich bestimmt, aber nicht an mich gerichtet. Während sie sprach, fixierte sie das große Gemälde von ihrem Vater, das über dem Mahagonibüfett hing. Die Offenbarung vollzog sich Silbe für Silbe und danach Wort für Wort, bis ihr Mut eine Schubkraft bekam, der sie sich überlassen konnte, worauf die Sätze ihr wie von selbst über die Lippen flossen. Hinterher hatte sie einen Ausdruck satanischer Freude auf dem Gesicht, als wüsste sie genau, dass der alte Postdirektor ihre Enthüllungen gehört hatte und seine knöchernen Überreste vor Entsetzen im Grab klapperten. Sie war damals fünfzig und hatte zum ersten Mal in ihrem Leben gegen ihren Vater rebelliert. Es tat ihr sichtlich gut.

Die Heirat war von ihm arrangiert worden. Vincent war einer seiner Mitarbeiter und besaß in den Augen von Kieps Vater die richtige Menge an Hirn und die richtige Menge an Geld für eine glänzende Karriere. Eine gute Partie also für seine Tochter. Sie protestierte nicht gegen das Arrangement, denn sie war schon seit Jahren heimlich in den Angestellten ihres Vaters verliebt. »Niemand konnte mich so zum Lachen bringen wie Vin.« Das sagt sie noch immer, trotz ihrer Enttäuschung.

Die junge Kiep wusste nichts von Vins verborgenem Leben. Sie sah nur die stets aufmerksame, charmante Seite ihres Verlobten. »Vater muss es gewusst haben«, sagte sie mit Schmerz in den Augen. »Er hat mich dem einfach ausgeliefert, das nehme ich ihm noch am meisten übel.«

Sie gestand, dass Kat sie gewarnt habe. Das hatte jedoch den gegenteiligen Effekt, denn Kiep vermutete, es sei Neid, weil sie als Erste heiraten würde, und wollte Vin nur umso mehr. Außerdem war ihr Blick getrübt durch die Situation in der Nachkriegszeit. »Alles, was wir hatten, war weg, das musst du bedenken. Niemand wusste, was geschehen würde, eine Heirat verlieh Sicherheit.«

Vin hat exakt ein Mal, während der Hochzeitsnacht, die Liebe mit ihr vollzogen, oder jedenfalls so in etwa. Ein paar Wochen später beichtete er ihr, dass er seine ehelichen Pflichten nicht erfüllen könne, und auch, warum.

»Er ist *hs*«, sagte sie nach einem langen, stillen Rückblick auf das Leben, das nur ihre starren Augen sehen konnten. Sie meinte homosexuell, doch dieses Wort bekam sie nicht über die Lippen. Bis heute nicht.

Eine Scheidung war damals undenkbar. Das konnte sie ihren Eltern und ihrem Umfeld nicht antun. »Der Gedanke ist mir, glaube ich, nicht mal gekommen, weißt du. Du hattest dich einfach in dein Schicksal zu fügen.« Außerdem glaubte

Kiep anfangs, es würde vergehen, wenn sie sich nur alle Mühe gab, eine möglichst attraktive Frau zu sein.

Erst in den Niederlanden, nach der Repatriierung, fanden sie einen Modus für ihr unerfülltes Liebesleben. Sie nahm sich Liebhaber, er auch. *Das* verstieß, sofern diskret praktiziert, nicht gegen die Konventionen.

Ihr Leben wäre so anders verlaufen, wenn sie nur auf Kat gehört hätte, seufzte Tante Kiep an jenem Sonntagnachmittag und danach noch viele Male. »Kat war, wie ihr Name schon sagt, eine Katze, aber sie besaß eine enorme Menschenkenntnis.«

Kiep ihrerseits war ebenfalls skeptisch in Bezug auf die Partnerwahl ihrer Freundin. Sie fand, dass sie unter ihrem Stand heiratete.

Ich fragte sie, welchem Stand mein Vater angehört hatte.

»Er war ›indisch‹, zwar aus einer ordentlichen Familie, ja, das schon, aber sie hätte besser daran getan, einen Holländer zu wählen. Die standen Schlange bei ihr, musst du wissen. So eine Heirat hätte ihre Position erheblich verbessert.«

Es spielt keine Rolle, wie oft sich ihre Annahmen als unrichtig erweisen, Tante Kiep kann ihre Ansichten über soziale Unterschiede nicht abschütteln. Sie schnürt sich stets von Neuem in das Korsett ein, als machte Bewegungsfreiheit sie unsicher.

»Später habe ich eingesehen, dass ich die Neidische war. Sie hatte einen richtigen Mann und ich nicht.«

Ich war vernarrt in Onkel Vin. Er war ein Mensch, der andere froh machte, einfach indem er so war, wie er war. Nachdem er eine eigene Wohnung gefunden hatte, kam er weiterhin zweimal pro Woche, als Hausfreund. Dann holte er mich von der Schule ab, feuerte mich samstags am Rand des Hockeyfelds an oder half mir bei meinen Schularbeiten. Bis zu seinem Tod in dem Jahr, in dem ich zum Studium nach Amsterdam ging, hat er sich alle Mühe gegeben, eine Art Vater für mich zu sein. Und mit Erfolg, denn mit Vin in der Nähe schien das Leben ein Kinderspiel.

Ein Mal pro Jahr, zu Weihnachten, blieb er über Nacht. Dann verschwand Tante Kiep in der Küche, und er und ich schmückten den Weihnachtsbaum und bereiteten alles für das Festessen vor. Wir deckten den großen Tisch mit dem Silberbesteck, das Tante Kiep von ihren Eltern geerbt hatte, und polierten die kristallenen Weingläser, bis sie im Schein der Kerzen funkelten. Was Tantchen in der Küche trieb, war geheim und sollte es auch bleiben, selbst wenn sie jedes Jahr das gleiche Hauptgericht zubereitete. »Bei uns«, sagte Tante Kiep, und damit meint sie »Leute aus Niederländisch-Indien«, »ist es Tradition, dass dieses Rezept nur von der Mutter auf die Tochter übergeht.« Von entscheidender Bedeutung waren die strengen Regeln, die für die Zubereitung galten. Niemand durfte wissen, aus welchen Zutaten das Festmahl bestand, und es konnte nur von der jeweiligen Hüterin des Rezepts zubereitet werden. Würde gegen die Regeln verstoßen, so würde es bitter schmecken, wie Galle.

Wenn die Gäste kamen – Tante Kiep und Onkel Vin luden jedes Jahr gut und gern zwanzig Leute zum Weihnachtsessen ein –, war ihr nicht anzusehen, dass sie seit dem Morgengrauen in der Küche gestanden hatte. Sie war gut in so etwas und kostete dieses Talent aus. Das Hauptgericht wurde in zwei großen silbernen Schüsseln mit gewölbten Deckeln wie Zerrspiegel aufgetragen, ebenfalls aus dem Erbe von Tantchens Eltern. Onkel Vin und mir fiel die Aufgabe zu, sie genau gleichzeitig zu lüften, und dann sagte Tante Kiep: »Ente schwarzsauer!«

Danach wurde applaudiert, jedes Jahr von Neuem, was Tantchen immer zum Weinen brachte.

Der Dienstag bringt zähe Sätze und das Gefühl von Einsamkeit mit sich. Beide gehören zueinander. Zähe Sätze wiederum gehören zum ersten Kapitel einer neuen Übersetzung. Ich weiß, nach ungefähr sechs Seiten werden sie von allein zu fließen beginnen. Trotzdem träume ich davon, ein nützlicher Mensch zu sein. Ich verlasse mein stilles Kämmerlein und ziehe los. Ich bringe Abwechslung in das einsame Leben von Behinderten und Alten, ich rette Kinder aus den Klauen inzestuöser Eltern, ich reise als freiwillige Helferin an jeden beliebigen Krisenherd der Welt. Mitte Dezember hängt mein Haus voll von Weihnachtskarten. In meinen Tagträumen bin ich wichtig und komme überall hin.

Ich verbeiße mich in die Sätze, um Tante Kieps nacktes Spiegelbild zu vertreiben. Der Mann, der nicht weiß, dass ihm sein Geruchssinn abhandengekommen ist, geht von einem Freund zum anderen, um herauszufinden, was ihm fehlt. »Was ist anders an mir, seit wir uns das letzte Mal gesehen haben?« Niemand hat eine Antwort darauf. Die Geschichte kommt in Gang, als sich der Mann überlegt, dass er die Menschen fragen sollte, die ihn am besten kennen. Er steigt ins Auto und durchreist die Staaten seines Landes, um seine weit verstreute Familie aufzusuchen.

Ich muss pro Tag mindestens sieben Seiten übersetzen, sonst kann ich den Termin nicht einhalten. Ich liebe knappe

Termine. Es macht süchtig, immer ein Ziel zu haben, denn wenn der Termin geschafft ist, wartet der nächste. Das liebe ich auch, es zwingt mich zur Konzentration. Ich bin einer der wenigen Menschen, die ich kenne, die ihre Umgebung ausblenden können, als wäre sie durch Tastendruck bedienbar. Es lebt sich gut in einer Welt, in der die Stunden vergehen wie Minuten und man so in sich selbst verschwindet, dass man niemanden braucht. »Wenn du das Glück in der Nähe findest, bist du immer frei.« Noch so eine Lektion von Tante Kiep.

Beim ersten Mal, als sie das sagte, saßen wir auf der Terrasse eines Cafés in der Veluwe. Tante Kiep hatte einen schwarzen Schal mit weißen Punkten um den Kopf gewunden und hinten zugebunden. Es waren unsere vierten gemeinsamen Ferien, und ich hatte sie gerade gefragt, warum wir nie ins Ausland fuhren. Gelangweilt vor einem Glas Kakao sitzend, wusste ich schon, wie öde meine Geschichten sich am ersten Schultag wieder anhören würden.

Tantchens Vorstellung von »spannend« bestand darin, die niederländischen Provinzen zu entdecken. Per Fahrrad. Friesland war die erste. Das hielt sie für eine logische Wahl, so wie Limburg die letzte sein musste. Jeden Sommer strampelten wir durchs eigene Land, egal bei welchem Wetter.

»Du weißt nie, ob du das später noch kannst«, sagte Tante Kiep auf jener Terrasse im grünlichen Schatten der Eichen. Damit meinte sie: Man kann sein Land von einem Tag zum anderen verlieren.

Wenn sie das sagt, sind wir in ihrer Lagerzeit angekommen, über die sie ohne die geringste Zurückhaltung spricht. Sie findet, dass Schweigen die Geschichte schlimmer macht, dass

Stille Dünger für Schmerz und Kummer ist. »Unter den gegebenen Umständen ist es mir gar nicht so schlecht ergangen, aber das darf man heutzutage anscheinend nicht mehr sagen.«

Als ich sie fragte, was sie in jener Zeit am meisten verletzt habe, sagte sie: »Dass der Japse uns getrennt hat. Die ganze Zeit wusste ich nicht, wo Kat war, ob sie überhaupt noch irgendwo war.«

Tante Kiep lebte die Jahre der Besatzung mit dem Bild von Kat, wie sie zusammen mit ihrer Familie auf der Pritsche eines Lastwagens weggebracht wurde. Und mit ihrer Ohnmacht, weil sie ihr nur nachsehen konnte. Kat hatte gedacht, Kiep würde es schon hinbekommen, dass sie zusammenbleiben konnten. Schließlich war ihr Vater ein hohes Tier bei der Post.

»Ich habe ihr das nie ausreden können«, sagte Tante Kiep.

Es ist Mittwoch, zehn Uhr. Tante Kiep nimmt nicht ab. Ein Anruf bei ihren Nachbarn beruhigt mich. Sie haben sie vor einer Viertelstunde mit einer Einkaufstasche vorbeigehen sehen. Danach mache ich mich wieder an die Arbeit, und der größte Teil des Tages gleitet unbemerkt vorüber. Gegen vier unternehme ich einen weiteren Versuch. Sie geht nicht dran.

Ich öffne zur Ablenkung meine Mailbox. Drei Nachrichten ploppen auf. Eine von einem Verlag, der mir eine neue Übersetzung anbietet (der Erfahrungsbericht des ersten Menschen mit einem Schweineherzen), eine von Shockwave, wobei ich nie weiß, was das ist, weil ich die Nachrichten ungelesen in den Papierkorb pfeffere, und eine von Thomas. Er ist nächste Woche in Amsterdam und fragt, ob wir uns treffen können. Thomas hat uns noch nicht aufgegeben.

Ich maile ihm zurück, berichte von meinen Sorgen um Tantchen, vermeide aber das Thema Treffen.

Tante Kiep ruft an. Erst gegen sechs.

»Ich hatte nichts zu erzählen«, sagt sie.

»Warum rufst du dann jetzt an?«

»Um dir zu erzählen, dass ich mein Haus zum Verkauf angeboten habe. Das erspart dir demnächst eine Menge Trara.«

»Aber Tantchen, wo willst du denn dann wohnen?«

»Bei Kat, wenn sie mich noch haben will, aber man weiß natürlich nicht, wo man landet. Vielleicht schwebe ich auch erst eine Weile durch die Gegend, wie Vin.«

Sobald sie aufgelegt hat, ziehe ich die Tastatur zu mir heran und maile Thomas noch einmal. »Hilfe!«, schreibe ich. »Kiep benimmt sich merkwürdig.«

Thomas redet sie nie mit Mevrouw an oder mit Tante. Manchmal sagt er Frédérique, worauf sie dann seufzend meint, wie lange es doch her sei, dass ein Mann sie so genannt habe. Meist sagt er einfach Kiep, und manchmal Kip, Huhn, um sie zum Kichern zu bringen.

Vor fast einem Jahr sagte Thomas zu mir: »Ich kann mit deiner Angst nicht leben.«

»Versuch's mal mit einer kleinen Therapie«, sagte ich und schob ihm den Phobieprospekt hin, den er mir zwei Minuten zuvor gegeben hatte. Ich fand das ziemlich witzig.

»Du musst dich entscheiden«, sagte er.

»*Ich* kann damit leben«, entschied ich mich.

Es dauert einen Moment, bis ich ihn in der langen Gestalt erkenne, die am Freitag vor meiner Tür steht. Mit Verschlafenheit hat das nichts zu tun, auch wenn es auf Mitternacht zugeht. Es ist etwas mit Tantchen, sonst stünde er nicht hier. Aber auch das ist nicht der Grund, weshalb meine Augen den Dienst verweigern.

»Kiep geht es schlecht«, sagt Thomas.

»Wie schlecht?«, frage ich und schäme mich zu Tode, weil ich weiß, dass er weiß, worauf die Frage anspielt.

»Ich bring dich hin.«

Diese Antwort macht mich schwindlig. Thomas streicht mir das Haar aus dem Gesicht, ich spüre seinen vorsichtigen Mund auf meiner Stirn. Er nimmt meinen Mantel und meine Umhängetasche von der Garderobe und greift nach dem Schlüsselbund am Haken hinter der Wohnungstür.

»Mein Auto steht vor dem Haus«, sagt er schlicht.

Seine Worte legen sich wie Ketten um meine Füße.

»Es ist nicht schlimm, Angst zu haben«, sagt er, als ich wie erstarrt vor der offenen Autotür stehen bleibe.

Ich muss mich fast übergeben, wegen dieses Übelkeit erregenden therapeutischen Satzes und weil ich es sehr wohl schlimm finde, Angst zu haben. Sehr schlimm sogar.

Während des ersten Kilometers, entlang der Straßen, die zur Autobahnauffahrt führen, finde ich noch Ablenkung in den vertrauten Fassaden und im Gewirr der Straßenbahngleise im Asphalt. An der Auffahrt selbst geraten meine Atemübungen ins Stocken, und meine Füße schießen in einer sinnlosen Bremsbewegung nach vorn. Alle Muskeln in meinem Körper sind angespannt, und ich kann nur noch denken, dass ich eine Gefangene der weißen Linien bin, zwischen denen das Auto dahinrast.

Gleich bei der ersten Tankstelle zwinge ich Thomas, ab-
zufahren. Er hält an, und ich stürze aus dem Auto, raus aus
diesem Käfig aus Stahlblech und Plastik. Zitternd vor Selbst-
mitleid übergebe ich mich. So fahren wir nach Den Haag, von
Tankstelle zu Tankstelle.

Sie wirkt so klein in ihrem Krankenhausbett. Das Kopfende ist
etwas erhöht, um ihr das Atmen zu erleichtern. Sie hält ihre
Tasche an die Brust gepresst, als lägen auch hier überall Diebe
auf der Lauer.

»Sofia, *berani*«, flüstert sie.

Mutige Sofia. Bin ich das?

Ich sage ihr, dass Thomas im Warteraum sitzt. Sie nickt.

»Warum hast du ihn angerufen und nicht mich?«, frage ich.

»Weil du ihn jetzt brauchst und ich dich.«

Ansonsten reden wir nicht viel. Ich sitze vornübergebeugt
auf einem Stuhl neben ihrem Bett und stütze meinen Kopf in
Höhe ihrer Schulter auf die Matratze. Tante Kiep streicht mir
über das Haar und sagt, sie habe noch zwei Tage oder so. Ich
glaube ihr, diesmal glaube ich ihr.

»*Ajo*«, sagt sie nach einer Weile, »Zeit zum Schlafengehen.«

Während ich meinen Mantel anziehe, kramt sie in ihrer Tasche. Ein Stift rutscht heraus und ein Mäppchen mit Fotos. Ich
fange sie auf, während sie ein zerschlissenes kleines Schlangenlederetui ausgräbt. Ihre zittrigen Hände kämpfen mit dem Ver-
schluss. Ich lasse sie gewähren. Sichtlich zufrieden mit sich
schafft sie es kurz darauf. Sie reibt mit dem Mittelfinger über den
Spiegel, der an der Innenseite der Klappe klebt, und überreicht
mir fast feierlich ein zusammengefaltetes vergilbtes Blatt Papier.

Es ist das Rezept für Ente schwarzsauer.

»Koch für uns«, sagt meine Tante.

Es ist seltsam, nach all den Jahren wieder in ihrem Haus zu sein. Die Gesichter auf den Fotos und den Gemälden sehen mich vorwurfsvoll an, zumindest kommt es mir so vor. Denn von Vorwürfen kann keine Rede sein. Tantchen hat nie Druck auf mich ausgeübt, sie sagte, es gefalle ihr, mich in Amsterdam zu besuchen, und ich weiß, sie meinte es auch so. Ganz zu Anfang, als ich merkte, dass mir das Auto unheimlich zu werden begann und danach der Zug und dann der Lift und das Flugzeug – Angst kriecht in die seltsamsten Dinge –, hat sie *ein* Mal gesagt, dass jedes Problem, egal, wie groß, lösbar sei. Meine Antwort lautete, dass ich es nicht als Problem ansähe. Seitdem haben wir nicht mehr darüber gesprochen.

Ich strecke dem Porträt des Postdirektors die Zunge heraus, genau wie Tantchen es früher tat, wenn ihre Vergangenheit ihr zu schaffen machte, und sehe mich im Zimmer um. An der Wand gegenüber dem Esstisch hängt das gerahmte Hochzeitsfoto von Tantchens Eltern. Das Brautpaar wirkt wie weggesteckt zwischen den vielen Gästen und Blumensträußen. Alle Gesichter sind weiß, außer dem der Braut. Auf dem Büfett stehen Fotos von Vin, von Kat, von Kat und Kiep mit schwingenden Röcken und von mir, von Babytagen bis vor einigen Jahren. Ganz hinten, kaum zu sehen, steht ein Foto von Tantchens Mutter, in Großaufnahme.

Thomas hat mich durch die dunklen Straßen begleitet, die das Krankenhaus von dem Ort trennen, an dem ich zehn Jahre meines Lebens verbracht habe. Es gab einen Moment, kurz nachdem ich die Lichter im Flur angeschaltet hatte, in dem ich ihn hätte bitten können zu bleiben. Ich ließ den Augenblick verstreichen, allein zu sein ist besser für mich. Auf jeden Fall jetzt.

Auf dem Sofa, unter Tantchens Häkeldecke, warte ich, bis es hell wird.

Um acht Uhr bin ich die erste Kundin im Supermarkt. Ich kaufe Frühstücksspeck, Champignons, Zwiebeln, Knoblauch und spanischen Rotwein. Beim Geflügelhändler wähle ich eine kleine Ente aus. Am späten Vormittag riecht das Haus nach Kieps Weihnachten: Zimt, Nelke, Muskat, Sojasoße, Wein und die geheimen Gewürze, die Tantchen gesondert in einem der Küchenschränke aufbewahrt. Von Zeit zu Zeit hebe ich den Deckel vom Topf und sehe, wie die Zutaten sich während des Schmorens immer dunkler färben und in eine amorphe Masse verwandeln, die noch am ehesten flüssigem Asphalt ähnelt.

Ich schnuppere, traue mich aber nicht, den Finger hineinzustecken, um zu kosten. Stattdessen überprüfe ich noch einmal die Anweisungen, die Schritt für Schritt im Rezept aufgeführt sind. Danach bringe ich den Reis in ein Fingerglied hohem Wasser zum Kochen, warte, bis ich kleine Vertiefungen sehe, umwickle den Deckel mit einem sauberen Geschirrtuch und lasse ihn in etwas mehr als einer halben Stunde gar dämpfen. Genauso wie Tantchen es mir beigebracht hat.

Am Nachmittag gehe ich ins Krankenhaus mit zwei verschließbaren Plastikdosen, die ich in Zeitungen und Handtücher eingepackt habe. Tante Kiep liegt in einem kleinen Zimmer am Ende des Flurs, einem Sterbezimmer. Der Vorteil ist, dass es hier keine Krankenhausregeln gibt. Ich kann kommen und gehen, wann ich will. Die Schwestern enthalten sich sogar eines Kommentars, als sie Tantchen und mich mit Tellern voll weißem Reis und schwarzen Entenkeulen auf dem kleinen Rolltisch neben dem Bett vorfinden. Sie schnuppern nur und lecken sich die Lippen, genau wie Onkel Vin und ich immer am ersten Weihnachtstag, während Tante Kiep ihre geheimen Rituale hinter der geschlossenen Küchentür vollzog.

Sie sagt nichts, lächelt nur und kostet. Sie bedeutet mir, das Gleiche zu tun.

»Ich habe noch keinen Hunger«, sage ich lahm.

Sie schüttelt sanft den Kopf, sie akzeptiert meine Lüge nicht.

»Mir ist übel«, sage ich.

Tantchen sieht mich an, hart, und tut das so lange, bis sie meinen Willen an einem Faden hat. Ich sehe, wie meine Hände Löffel und Gabel ergreifen und etwas von der dunklen Masse mit einem Häufchen Reis zusammenschieben. Kiep die Marionettenspielerin führt meine rechte Hand zu meinem Mund. Ich kaue und schlucke, weil ich nicht anders kann.

Es schmeckt anders als ihre Ente schwarzsauer, aber bitter ist es nicht.

Tante Kiep nimmt noch einen Bissen, kaut sorgfältig, schiebt dann den Teller von sich und sieht mich an, jetzt mit sanften Augen.

»Sofia«, sagt sie.

Es ist das zweite Mal innerhalb von vierundzwanzig Stunden, dass sie mich so nennt. Ich weiß, was jetzt kommt. Wenn ich noch wählen könnte, würde ich weglaufen. Meine Füße aufsetzen, einen vor den anderen, bis weit über den Punkt hinaus, an dem meine Sohlen löchrig werden. Dass ich mich nicht von der Stelle rühren kann, hat nichts mit ihrer stillen Kraft zu tun. Ich bin es selbst, die alle Ausflüchte aufgebraucht hat. Der Zähler steht auf null.

»Es ist eine Tatsache«, sagt Tantchen.

Die letzten vierundzwanzig Stunden ihres Lebens liege ich in einem Krankenhausbett, das dicht an ihres gerückt ist. Ich halte ihre Hand und erzähle Geschichten, genau wie sie es in jener lange vergangenen Nacht der Tränen tat. Tante Kiep hält die Augen geschlossen, aber sie lächelt dann und wann, um mir zu zeigen, dass sie noch da ist.

Als der Abend dämmert, bittet sie um ihre Tasche. Während ihre Hände suchen, rutscht das Fotomäppchen auf die Decke. Es öffnet sich beim Bild ihrer Mutter, einer Kopie des Fotos auf dem Büfett.

»Da«, sagt sie. »Ich habe ihn wiedergefunden, wohlgemerkt in der Schublade mit meiner Unterwäsche.«

Sie gibt mir den Schlüssel zum Tresor. Es ist ein hohles Messingröhrchen mit zackigen Vorsprüngen. Durch das Auge ist ein Ring gezogen, an dem eine kurze Kette mit einer silberfarbenen Münze baumelt. Die Rückseite ist glatt und glänzend, auf der Vorderseite prangt das Bild des heiligen Antonius.

»Da drin findest du alle wichtigen Papiere, auch deine.«

Ich reibe mit dem Zeigefinger über das Foto von Tantchens Mutter. Obwohl schwarz-weiß, ist deutlich zu erkennen, dass ihr rechtes Auge heller ist als ihr linkes.

»Wollen wir es dabei belassen oder soll ich die Geschichte noch einmal erzählen?«, fragt sie.

Ich weiß, dass sie noch *ein* Mal erzählt werden muss – von mir.

Ich rücke ein wenig von ihr ab und stopfe mir ein zusätzliches Kissen in den Rücken, damit ich aufrecht sitzen kann. Ich merke, dass ich allen Mut zusammennehmen muss, um den Mund aufzumachen. Die Worte schwimmen in meinem Kopf, weigern sich aber, sich zu Sätzen zu formieren. Tantchen hilft mir.

»Es war eines Morgens im Frühsommer, ungefähr zu dieser Jahreszeit, da stand Kat vor meiner Tür. In Tränen aufgelöst. Sie sah schrecklich aus, als habe sie die ganze Nacht nicht geschlafen. Und so war es auch, wie sich später herausstellte.«

»Du wusstest sofort, dass etwas Schlimmes passiert sein musste«, sage ich, die Wörter jetzt in Reih und Glied.

Tantchen fragte nicht nach, sie umarmte Kat, schenkte ihr Kaffee ein und ließ sie sich erst etwas beruhigen. Zusammengesunken, die Hände um die Kaffeetasse gewunden, als wäre Winter, erzählte Kat, dass sie am Abend zuvor ein Telegramm aus Australien erhalten hatte. Der Zustand ihres Bruders hatte sich verschlechtert, er hatte nicht mehr lange zu leben.

»Ich sagte natürlich, sie müsse sofort hinfahren«, sagt Tantchen, die Augen in die Vergangenheit gerichtet.

Doch Kat konnte die Reise nicht bezahlen, sie war gekommen, um Kiep zu bitten, ihr das Geld zu leihen.

»So weit ließ ich es nicht kommen, das macht man nicht bei uns«, sagt Tantchen mit Betonung auf den letzten Wörtern.

Während Kat noch erzählte, rannte sie nach oben und kam mit einem Stapel Hunderter aus dem Tresor zurück.

»Ich wollte dir helfen und sah eine Möglichkeit, wie wir wieder quitt sein könnten«, sagt Tantchen, zu Kat, nicht zu mir.

»Wegen des Etuis.«

Tantchen nickt. »Vielleicht auch wegen des Krieges, sie war so viel schlechter dran als ich.«

Kat blieb, bis sie ihren Bruder beerdigt hatte, fast drei Monate später. Kiep kümmerte sich um meinen Vater. Sie kochte für ihn, wusch seine Wäsche, bügelte seine Hemden.

»Er war so abhängig von Kat«, sagt Tantchen, die Stimme brüchig.

Dieser Moment ist für sie genauso schwierig wie für mich.

Tante Kiep holt Luft, um weiterzuerzählen, schweigt aber, als sie meine abwehrende Handbewegung sieht.

»Dann ist es passiert«, sage ich.

»Ja.«

Noch bevor ich in ihr sichtbar wurde, zog Kiep sich aus der Öffentlichkeit zurück. Kat war bei der Entbindung dabei, die in der undurchsichtigen Pension einer Hebamme stattfand, die auf außereheliche Geburten spezialisiert war. Sie gönnte Kiep noch einen halben Tag mit mir, die Freundschaft war stärker als der Verrat.

»Es war nur Kat zu verdanken, dass ich dich von Zeit zu Zeit zu sehen bekam. Dein Vater hätte am liebsten jede Verbindung abgebrochen, aber er kam nicht gegen sie an. Sie fand, ich müsste dich kennen und du mich.«

Ich spüre, wie Tantchens Hand in meiner bebt. »Es tut mir so leid«, sagt sie, wie bei jenem ersten Mal am Küchentisch. Wir sehen uns an. Diesmal gibt es keine Tränen, ich schreie nicht und kratze ihre Worte nicht aus, flüchte mich nicht mehr in Phantasien über Kats Tochter.

Es ist bereits dunkel, als Tantchen sagt: »Ich finde, du musst es Mas erzählen.«

»Nein, wenn ich es erzähle, wird es eine Geschichte.«

Tantchen zieht ihre Hand zurück und wendet das Gesicht ab. Sie ist anderer Meinung.

»Ich kann nur versprechen, nicht mehr zu lügen«, sage ich.

Sie sieht mich an, scheint abzuwägen, ob diese Zusage genügt. Dann nickt sie.

»Was du sagst, muss wahr sein, aber was wahr ist, brauchst du nicht immer zu sagen.«

In der Ruhe, die wir miteinander gefunden haben, summe ich ihre Lieblingslieder, eines nach dem anderen. Gegen halb drei richtet sie sich mithilfe der Stange über ihrem Bett auf und verkündet, sie wolle rauchen und trinken. Ich laufe, nein, renne die drei Straßen zu ihrem Haus und wieder zurück.

In dem Moment, in dem ich die Tür ihres Zimmers im Krankenhaus abschließe, beginnt Tantchen zu grinsen wie ein Greis. Zusammengesunken, die lose Kinnhaut ein Häufchen auf ihrem Brustbein. So darf ihr Abschied vom Leben nicht aussehen.

Ich helfe ihr, sich wieder aufzurichten, und stopfe ihr zwei Kissen in den Rücken und eines in den Nacken. Danach winde ich ihr den Knoten neu, so dass keine Strähnen herausstehen, und frische ihre Wangen mit meinem Rouge auf. Sie strahlt, als sie die Flasche Champagner sieht, die ich aus ihrem Kühlschrank mitgebracht habe.

Wir trinken und rauchen, trinken und rauchen. Kiep verlässt das Leben und mich mit Veuve Clicquot und St. Moritz

Lights. Sie spricht kaum mehr, das ist auch nicht nötig, alles ist gesagt.

Eineinhalb Stunden später ist die Flasche leer und der Aschenbecher voll. Sie greift nach meiner Hand, und ich denke, der Moment ist gekommen. Stattdessen deutet sie auf den Spruch auf der leeren Zigarettenpackung: Rauchen ist tödlich. »Sie haben doch Recht«, sagt sie mit champagnerverwaschener Stimme.

Während ich ihr die Tränen von den Wangen tupfe, bedeutet sie mir, mich neben sie zu legen.

Nachdem sie sanft weggeglitten ist, gehe ich im grauen Morgenlicht zum Haus zurück. Von ihrem Sessel vor der offenen Tür zum Garten schaue ich einer Austernfischerfamilie zu, die zur Begrüßung des neuen Tags Fangen spielt.

Ihr Ruf klingt wie Tantchens Name.

Aus dem Niederländischen von Helga van Beuningen

Fortschritt
Annie M. G. Schmidt

Anfang
———

der zwanziger Jahre gab es in Amsterdam eine Ausstellung über
Elektrizität. An welchem Ort, das weiß ich nicht mehr. Im RAI-
Messezentrum war es nicht. Es gab noch kein RAI, kein altes
und kein neues. Vielleicht ein Ur-RAI.

Genauso wenig kann ich mir vorstellen, warum wir dort
hingefahren sind, meine Eltern und ich. Von Zeeland bis nach
Amsterdam war es eine weite Reise. Man konnte nicht an einem Tag hin und zurück, wir mussten im Hotel übernachten.
Es kostete viel Geld.

Und es war unerhört abenteuerlich und gewagt. Dabei waren meine Eltern echte Stubenhocker. Wie waren sie nur darauf gekommen? Wahrscheinlich hatte meine Mutter den Plan
durchgesetzt. Sie war ganz versessen auf den »Fortschritt«.
Man durfte den Anschluss auf keinen Fall verpassen. Elek-

trizität, darüber hatte sie in all den Wochenblättern unseres Lesezirkels gelesen. Bei uns im Dorf gab es keinen elektrischen Strom. Also wollte sie sich jetzt selbst ein Bild davon machen und schleifte meinen Vater mit.

Überwältigend war es. Herrlich war es. Ein wahres Wunder. Das fand jedenfalls meine Mutter. Mein Vater nickte zweifelnd zu diesen Ausrufen. Was mich betrifft, so erinnere ich mich von der ganzen Ausstellung nur an den Aufzug. Eine kleine Kabine, in die wir zu dritt einstiegen. Ein Knopfdruck, und die Kabine sauste nach oben. Und überall Licht, Unmengen von Licht.

»Da gibt es eine Maschine, die Staub aufsaugt«, sagte meine Mutter.

»Was für Staub?«, fragte mein Vater.

»Den vom Fußboden. Dann braucht man Besen und Schaufel nicht mehr. Und es gibt einen Wasserkessel, der das Wasser elektrisch zum Kochen bringt. Denk daran, du darfst nichts anfassen. Überall kann man sich einen Schlag holen. Es ist furchtbar gefährlich, noch gefährlicher als Blitze. In Amerika gibt es jetzt die Todesstrafe durch den elektrischen Strom. Lass das, Kind, fass nichts an. Und was ist das? Aua!«

Sie schrie. »Na bitte. Ein Schlag. Ich habe einen Schlag bekommen!«

»Nein, nein«, sagte mein Vater beschwichtigend. »Das war kein Schlag.«

»Nein?«

»Nein, du hast dir den Finger an dem glühend heißen elektrischen Kessel da verbrannt.«

Im Hotel teilten wir uns zu dritt ein Zimmer. Wir drängten uns um den Schalter fürs elektrische Licht.

»Nicht anfassen!«, rief meine Mutter.

Doch mein Vater schaute nur verschmitzt und sagte: »Es werde Licht.«

Dann legte er den Schalter um.

»Und es ward Licht«, sagte er ehrfürchtig und ergriffen.

Wir wiegten uns alle drei verzückt hin und her.

Am nächsten Tag fuhren wir mit dem Bummelzug wieder nach Hause. Meine Mutter hielt einen Vortrag in ihrem Frauenverein, Tabitha. Sie erzählte vom Staubsauger. Niemand glaubte ihr. Sie erzählte von der Waschmaschine. »Es gab sogar eine elektrische Mausefalle!«, rief sie.

Letzteres war natürlich Einbildung, aber sie hatte nun mal eine lebhafte Phantasie.

Bei uns brannten noch Öllampen. Elektrisches Licht sollte erst ein paar Jahre später im Dorf Einzug halten. Den ersten Anschluss bekam ein Privatbetrieb, ein Obstbauer. Bis elf Uhr abends war es dort eingeschaltet. Dann gab es eine Warnung: Das Licht erlosch und sprang kurz darauf für fünf Minuten wieder an, lang genug, um die Häkelarbeit wegzulegen, das Buch zuzuklappen, eine Kerze anzuzünden.

Oft heißt es, das 20. Jahrhundert habe erst im Jahr 1914 begonnen. Zumindest in Europa, mit dem Ersten Weltkrieg. Aber unser kleines zeeländisches Bauerndorf hat den ganzen Weltkrieg verschlafen, im neutralen Königreich wähnte es sich in Sicherheit. Im Schlaf wurde dort zwar weitergeschuftet, aber mit fest geschlossenen Augen. Für uns begann das 20. Jahrhundert erst in den zwanziger Jahren, genau genommen mit der Ankunft des elektrischen Lichts.

Es war, als wollte Herr Philips uns zeigen, wie verstaubt das Dorf im Licht seiner Glühlampen aussah.

Man war für den Fortschritt. Es gab schon drei Autos im Dorf, und keiner ging mehr aus dem Haus, um sie vorbeifahren zu sehen.

Unser fortschrittlicher Arzt war einer der Ersten, die die Kutsche gegen einen Ford tauschten. Er tauschte auch seine Laterna magica gegen ein Filmvorführgerät.

Bei einem Kindergeburtstag führte er den ersten Film vor, den ich je sah. Einen ganz kurzen Stummfilm. Darin kam eine Mücke grinsend angeflogen und setzte sich einem Herrn auf den kahlen Kopf. Der Herr guckte böse. Man sah eine Hand nach der Mücke schlagen und gleich darauf den Kopf kratzen. Die Mücke flog grinsend davon, und der Film war zu Ende.

Großartig fanden wir das alle.

Dann kam der Bus nach Goes. Der Bus von Zoetewei. Innerhalb einer Viertelstunde war man in der Stadt, konnte in die Geschäfte gehen und einmal im Jahr sogar zur Kirmes.

Viele Mädchen legten ihre Bauerntracht ab und kauften sich Kleider, in denen sie sich nicht wohlfühlten. Einmal flog sogar ein Flugzeug übers Dorf hinweg. Dafür strömten dann doch alle wieder in Scharen zusammen.

Und so ließ sich der Fortschritt nicht mehr aufhalten.

Trotzdem fegte unsere Hanne den Boden noch jahrelang mit Besen und Schaufel und schrubbte die Laken auf einem Waschbrett.

Aus dem Niederländischen von Bettina Bach

Linda
Annie M. G. Schmidt

Es muss ▬ davon hat man mir jedenfalls oft erzählt ▬ in den sechziger Jahren eine sexuelle Revolution gegeben haben. Das ist gut möglich. Aber an mir ist sie stillschweigend vorbeigegangen. Schließlich hatte die echte sexuelle Revolution in den Zwanzigern stattgefunden.

Bis dahin hatten die Frauen langes Haar und steckten es zu einer Frisur hoch, die man auch Dutt oder Knoten, Nest oder Chignon nannte. Sie trugen lange Röcke und schwarze Strümpfe. Sie schminkten sich nicht, und falls doch, bezeichnete man sie als mannstoll oder ordinär. Sie rauchten nicht und fuhren nicht Auto. Sie arbeiteten nicht, jedenfalls nicht in der Öffentlichkeit; im Haushalt ackerten sie wie blöd. Sie spurten.

Jungen durften mit fünfzehn lange Hosen anziehen, Mädchen wurden mit sechzehn in lange Kleider gesteckt.

»Wann darf ich auch so einen Dutt haben wie Linda?«, fragte ich.

»Wenn du sechzehn bist«, sagte meine Mutter. »Das dauert also noch ein paar Jahre. Außerdem ist Lindas Dutt kein Dutt, sondern ein Chignon.«

Linda war eine Fabrikantentochter aus Middelburg, die in großer Bewunderung für meinen Vater entbrannt war. Sie wollte sogar privat Katechismusunterricht bei ihm nehmen. Er willigte ein, und so stand sie jeden Mittwochnachmittag vor unserer Tür. In einem knöchellangen Rock, einer strengen Bluse und einem Gürtel um die schmale Taille, mit einer Pralinenschachtel für meine Mutter in der Hand und einem goldblonden Chignon im Nacken.

Sie saß meinem Vater in seinem Studierzimmer gegenüber und bekam Bibelunterricht, Römer 13. Ich durfte ihnen Tee und Maria-Kekse bringen und musterte neidisch den Chignon und den langen Rock.

»Ihre Absichten sind lauter«, sagte mein Vater eines Abends, als sie wieder weg war.

»Das glaube ich gern«, antwortete meine Mutter sarkastisch. »Mir leuchtet nur nicht ein, warum sie für den Katechismusunterricht den weiten Weg aus Middelburg auf sich nimmt. Gibt es da denn keine Pfarrer?«

»Sie vertraut mir nun mal«, sagte mein Vater bescheiden.

Im Sommer 1925 oder vielleicht 1926 fiel der Unterricht aus, weil Linda ein paar Monate in England war.

Doch nach einer schriftlichen Ankündigung stand sie eines sonnigen Mittwochs im September wieder bei uns vor der Tür.

Meine Mutter machte auf und lachte los. »Entschuldige, Linda«, sagte sie. »Ich lache dich nicht aus. Es ist bloß … Nun ja, du hast dich ziemlich verändert.«

In der Tat. Sie hatte wieder eine Pralinenschachtel dabei, aber wo war der Chignon geblieben? Der Chignon war weg. Das goldblonde Haar kurzgeschnitten. Ihr Kleid ärmellos und ohne Taille, sehr kurz, bis ans Knie, und darunter trug sie fleischfarbene Strümpfe.

So etwas hatten wir noch nie gesehen, nur auf Fotos. Es war neu. Linda kündigte die sexuelle Revolution an. Sie stieg die Treppe zum Studierzimmer hinauf, wo mein Vater sie erwartete.

Als ich eine halbe Stunde später mit Tee und Keksen eintrat, erklärte er ihr gerade das Buch Hiob. Er sprach mit leicht stockender Stimme, und als ich den Tee vor ihn stellte, blickte er beschämt und schuldbewusst auf. Ihm gegenüber saß Linda, die fleischfarbenen Beine übereinandergeschlagen. Bildschöne, hinreißende Beine. Ich ließ die beiden allein und ging wieder hinunter.

»Was tun sie?«, fragte meine Mutter.

»Nichts. Wie immer. Sie sprechen über Hiob.«

Mutter lachte schallend.

Die ganze Woche über wurde Linda mit keinem Wort erwähnt, doch am nächsten Mittwoch sagte mein Vater: »Ich fühle mich nicht so gut, keine Ahnung, warum ... Mir ist heute ein wenig unwohl. Kannst du Linda ausrichten, dass es mir nicht so gut geht?«

»Das mache ich«, sagte meine Mutter, und als Linda eintreten wollte, sagte sie: »Es tut mir leid, Linda. Dem Herrn Pfarrer geht es heute nicht gut. Ihm ist unwohl. Er ist krank.«

»Aber ich habe ihn doch gerade noch gesehen«, sagte Linda. »Draußen. Er ist zur Kirche gerannt.«

»Na bitte«, sagte meine Mutter. »Er rennt immer in die Kirche, wenn ihm unwohl ist.«

Bald darauf kam die echte sexuelle Revolution. Frauen und Mädchen ließen sich reihenweise die Haare schneiden. Sie zogen kurze Röcke an, lernten Auto fahren, rauchten Kette. Das Radio kam auf, auch bei uns im Dorf, und damit begann eine vollkommen neue Zeit. Die ganze böse Außenwelt drang zu uns herein. Jazz, Charleston, Operetten, sozialistische Reden, feministische Diskussionen. Die Bauerntöchter legten ihre Trachten ab und liefen in kniekurzen Röcken und fleischfarbenen Strümpfen herum. Und Letzteres schockierte die Älteren im Dorf am allermeisten. Diese schamlosen fleischlichen Beine.

Als wäre der Teufel höchstpersönlich in einer stinkenden Schwefel- und Salpeterwolke ins Dorf gestürmt und tanzte nun mit seinen Bocksfüßen auf dem Kirchplatz einen Foxtrott.

Linda kam nicht mehr zu uns. Doch ich dachte oft an den Chignon zurück, der mir versprochen worden war, aber noch vor meinem sechzehnten Geburtstag endgültig von der Bildfläche verschwand.

Aus dem Niederländischen von Bettina Bach

Landauf,

landab
Marga Minco

Mein Kontakt zu Anki K. hat nur acht Jahre gedauert, eine Zeit, in der ich viel zu tun hatte und regelmäßig unterwegs war. Mindestens einmal pro Woche rief sie an, gewöhnlich morgens gegen neun, dann war sie sicher, mich noch zu Hause anzutreffen. Sie hatte Anfragen für mich. Es gab auch Wochen, in denen sie häufiger anrief. Das war von der Jahreszeit abhängig.

Anki hatte eine leise, spröde Stimme. Obwohl sie ihre kurzen Mitteilungen mit einer gewissen Behutsamkeit vorbrachte, wie jemand, dem es gelingt, mit seiner Stimme auf Zehenspitzen zu gehen, lag doch ein entschiedener Unterton darin, der keinen Widerspruch duldete.

»Hast du deinen Kalender vor dir?«, fragte sie.

»Ja, Anki.«

Anki kümmerte sich um Lesungen an Schulen und bei anderen Institutionen, schloss Verträge ab und schien eindeutig Vergnügen dabei zu empfinden, mich in die entlegensten Winkel des Landes zu schicken. Für sie war es selbstverständlich, dass mir jeder Termin, den sie vereinbart hatte, passen würde, und ich kann mich auch nicht erinnern, jemals einen nicht eingehalten zu haben. Anki diktierte: behutsam, aber resolut.

Wir sind uns nie persönlich begegnet; die Vorstellung, die ich mir von ihr machte, habe ich nicht an der Realität überprüfen können. Bei jedem Telefongespräch sah ich sie vor mir: ein rosiges Gesicht, hochgestecktes blondes Haar, ein Mund, der mit seinen vollen, feuchten Lippen und seiner schüchternen Diktion nicht mit dem gebieterischen Blick ihrer Augen in Einklang stand.

»St. Nicolaasga, Donnerstag, der Dreiundzwanzigste, halb zwei«, sagte Anki.

»Letzte Woche in Meeden, du weißt schon, Anki, bei den Landfrauen. Du kannst dir nicht vorstellen, was sie mich alles gefragt haben.«

Wie fühlen Sie sich in einer christlichen Gesellschaft?

»Terneuzen, vierter September, Punkt acht Uhr«, ertönte es unerbittlich.

»Am nächsten Tag war ich in Sappemeer. Beim Lesezirkel. Ein kleiner Saal, voll von lesehungrigen Frauen. Das muss ich dir erzählen.«

»Notiere dir auch schon mal Oktober in Drachten. Am Vierzehnten.«

Zu Beginn unseres Kontakts bemühte ich mich verschiedentlich, die kurzen, sachlichen Gespräche aufzubrechen, sie an meinen Abenteuern in der Provinz teilhaben zu lassen, weil ich annahm, sie würde eine Anekdote sicher zu schätzen wissen.

Schreiben Sie für einen guten Zweck?

Wie gern hätte ich ihr von der Lehrerin erzählt. Doch Anki ließ mir keine Chance.

In der Pause hatte sie mich beiseitegenommen. Eine untersetzte Frau, die mich mit ihrem auf halber Ohrenhöhe schnurgerade abgeschnittenen schultafelstumpfen Haar, dem Oberlippenbart und dem scharf vorstehenden Kinn an meine ehemalige Deutschlehrerin erinnerte. Mit säuerlich verzogenem Mund flüsterte sie mir zu, sie sei in meinem letzten Buch auf solche schweinischen Passagen gestoßen.

»Schweinische Passagen?« Ich wusste nicht, auf welches Kapitel sie anspielte.

»Na ja, was da an dem Strand in Südfrankreich passiert.«

»Am Strand? Meinen Sie vielleicht die Szene in den Hügeln hinter der Ruine?«

»Ja, als die da zugange sind.« Sie beugte sich zu mir vor und rümpfte die Nase, als röche sie etwas Unangenehmes an mir.

»Als sie sich unter freiem Himmel, im Warmen, lieben. Das meinen Sie wohl.«

»Das können doch wohl unmöglich Ihre eigenen Erlebnisse sein, oder?« Sie schüttelte missbilligend den Kopf, als erwöge sie, mir ein dickes Ungenügend zu geben.

Bei Anki wurde ich meine Geschichten nicht los, sie reagierte nicht darauf, und nach einigen vergeblichen Versuchen ließ ich es sein. Es war klar, dass sie an ihnen kein Interesse hatte.

Wir hatten eine Vereinbarung getroffen: Sie wollte ausschließlich mein Thema wissen und ein paar kurze Informationen. Mehr Details brauchte sie nicht. Unser Kontakt blieb sachlich, effizient, ohne Umschweife.

Die sechziger Jahre. Es gab Geld zu verdienen. Ich hatte einen blauen Renault Dauphine, fuhr kreuz und quer durchs Land mit meiner Mappe voller Notizen, wie ein Handelsreisender in Papierwaren, und sprach übers Schreiben.

Hätten Sie auch geschrieben, wenn es keinen Krieg gegeben hätte?

Ich war zwölf und schrieb kleine Geschichten in ein blaues Schulheft. Ich machte ein großes Geheimnis darum, niemand durfte wissen, dass ich dieses Heft hatte.

Wir wohnten zu der Zeit in einem alten Haus in Breda. Wir sind ziemlich oft umgezogen, doch an dieses alte Haus mit seinen dunklen Fluren, schummrigen Winkeln und Treppenabsätzen habe ich die meisten Erinnerungen. Auf der Rückseite des Hauses gab es einen schmalen Anbau, in dem sich die Zimmer meines Bruders, meiner Schwester und mein eigenes befanden. Sie lagen übereinander, und wir konnten uns rühmen, jeweils über eine eigene Treppe zu verfügen. Das oberste Zimmer war mir zugewiesen worden, und das war mir nur recht. Wenn ich jemanden die Treppe heraufkommen hörte, während ich mit meiner geheimen Schreiberei beschäftigt war, blieb mir noch Zeit, mein Heft zu verstecken.

Ich erinnere mich, dass ich einmal nach oben ging und heftig erschrak, als ich am Zimmer meines Bruders vorbeikam und die Tür aufgerissen wurde. Auf der Schwelle stand Jan, der Schulfreund meines Bruders, ein etwas älterer Junge mit einem Wust von schwarzem, lockigem Haar und Augen, die aus den Höhlen zu springen drohten. Er zog mich am Arm ins Zimmer. »Hier«, rief er, »los, wir fragen sie.« Er blieb dicht vor mir stehen.

»Glaubst du an Gott?«, fragte er mit seiner rauen Stimme.

Das Zimmer war blau vor Rauch. Mein Bruder saß auf dem Bett. Er trug noch kurze Hosen und lange gewürfelte Kniestrümpfe, die Knabentracht der dreißiger Jahre. Er lächelte mir unbestimmt zu, offenbar machte ihn die Situation verlegen.

»Also«, drängte Jan, »sag schon!«

»Och, nein«, antwortete ich nur, als hätte er mich gefragt, ob ich Schnurlakritze möge.

»Siehst du«, rief er triumphierend, »siehst du.« Jetzt ging er mit langen Schritten hin und her, das Zimmer war zu klein dafür, er nahm den Flur dazu. Ich machte, dass ich wegkam, rannte die Stufen zu meinem eigenen Zimmer hinauf und schloss die Tür hinter mir ab.

Die Frage des Freundes meines Bruders hatte mich ziemlich verwirrt. Dennoch muss ich mich auch geschmeichelt gefühlt haben, der Junge hielt mich anscheinend für wichtig genug, mich so etwas zu fragen. Außerdem lieferte sie mir einen Anlass, über die Existenz Gottes nachzudenken, über den der Rabbiner in der jüdischen Schule im Unterricht sprach, dessen Namen wir aber nicht aussprechen durften.

Hatten Sie vor dem Krieg auch niederländische Freunde?

Dieser Vorfall führte dazu, dass es einige Zeit dauerte, bis ich das blaue Heft wieder hervorholte. Wahrscheinlich fand ich es ziemlich kindisch, so ein Heft zu führen und sinnlose kleine Geschichten hineinzuschreiben, da man mich doch mit einem großen Problem konfrontiert hatte.

Im Laufe meiner Schulzeit erwachte der Ehrgeiz zu schreiben von neuem, und ich traute mich auch, mich dazu zu bekennen. Ermutigt durch die Aktivitäten meines Bruders, der neben seinem Geigenstudium anfing, Volkswirtschaft zu studieren, und meiner Schwester, die zeichnete und malte und Unterricht an der Kunstakademie nahm, schrieb ich ein paar Erzählungen, mit denen ich nach der höheren Schule in die Chefredaktion des *Bredasche Courant* ging. Sie suchten einen Journalistenlehrling, und ich konnte sofort anfangen.

Ich hoffte, eine Allroundjournalistin zu werden, ging mit ebenso viel Enthusiasmus zu einem Großfeuer wie zu den Versammlungen zahlloser Brabanter Vereine, ich musste Filme und Theatervorstellungen besprechen, außerdem den Umbruch korrigieren und Radionachrichten hören, um Bulletins zu erstellen. Die Zeitung war zu jener Zeit noch nicht im Besitz eines Fernschreibers.

Als die Mobilmachung kam und die beiden einzigen Redakteure eingezogen wurden, saß ich zusammen mit dem Schreibmaschinenmechaniker, der gelegentlich auch als Reporter arbeitete, allein da. In jenem letzten Jahr vor dem Krieg wurde wegen Veränderungen im Unternehmen alles noch komplizierter. Aus dem *Bredasche Courant* wurde der Lokalteil des *Rotterdamsch Nieuwsblad*. Das bedeutete, dass ich jeden Tag mit den vom Schreibmaschinenmechaniker und mir zusammengetragenen Bredaer Nachrichten nach Rotterdam fahren musste, um die Bredaer Seite zu umbrechen. Der Rest der Zeitung deckte sich inhaltlich mit dem Rotterdamer Blatt.

Die Anregung, über ein Thema zu schreiben, das erst Jahre später zum Hauptmotiv meines Werks werden sollte, erhielt ich von einem Journalisten, der einige Monate in der Rotterdamer Redaktion arbeitete und während dieser Zeit einen dicken Verband um die Nase trug. Obwohl ich zunächst Mitleid mit ihm hatte, hielt mich meine Scheu davon ab, ihn zu fragen, was ihm fehle. Er war auch nicht besonders freundlich zu mir, er ignorierte mich sogar weitestgehend. Ich dachte, das liege daran, dass er sich mit seiner verbundenen Nase einigermaßen lächerlich vorkam. Bis ich von einem Kollegen erfuhr, dass er seine Nase hatte operieren lassen. Er schien einen sehr ausgeprägten Zinken besessen zu haben, der ihm angesichts der drohenden deutschen Invasion Sorgen bereitet hatte. Obwohl er, wie es hieß, selbst kein Jude war, hatte er offenbar so viel Angst, mit dieser großen Nase für einen solchen gehalten zu werden, dass er beizeiten Vorsorge getroffen und einen plastischen Chirurgen beauftragt hatte, sein Riechorgan umzugestalten.

Bedauern Sie es, dass Sie als Jüdin geboren sind?

Es wird ihm zweifellos eine Menge Elend erspart haben, doch ich hatte, als ich das hörte, kein Mitleid mehr mit ihm. Ich fand es eher tragisch, ein beängstigendes Zeichen der Zeit und gerade dadurch für mich so etwas wie ein Beginn, der Ansatz zu meinem ersten Buch, das erst achtzehn Jahre später erscheinen sollte.

Es wäre eine ganz andere Geschichte geworden, wenn ich das Thema damals weiterverfolgt hätte. Ich wollte etwas über die Angst eines Mannes schreiben, der denkt, man würde ihn für einen Juden halten. Ich versuchte mich in diese Angst hineinzuversetzen. Was das betrifft, hatte ich erst wenig erlebt, und von irgendwelchen Diskriminierungen hatte ich noch nicht viel bemerkt. Die zunehmende Gewalt der Nazis in Deutschland, der Aufstieg der NSB, der Nationalsozialistischen Bewegung, in unserem Land und die Mobilmachung waren Tatsachen, über die sich jeder Sorgen machte, nicht nur eine spezielle Bevölkerungsgruppe, zumindest dachte ich das. Was sich in Deutschland abspielte, würde in unserem Land unmöglich geschehen können.

Das Resultat der Nasenoperation jenes ängstlichen Journalisten habe ich nie zu Gesicht bekommen. Zu der Zeit, als der Verband abgenommen werden sollte, war ich schon nicht mehr bei der Zeitung. Die Besatzung begann.

Unter dem Druck einiger »führender« Bredaer NSB-Mitglieder sah sich der Chefredakteur gezwungen, seine jüdische Reporterin zu entlassen. Wahrscheinlich bin ich die erste Journalistin, die im Mai 1940 aufgrund ihrer Abstammung prompt geschasst wurde.

Nach dem Krieg wartete ich Jahre damit, meine Erfahrungen während der Besatzungszeit zu Papier zu bringen. Instinktiv spürte ich, dass ich möglichst viel Abstand gewinnen, die Haltung einer objektiven Beobachterin einnehmen musste, um darüber schreiben zu können. Das Thema war ohnehin schon aufgeladen genug.

Ich hatte mir zum Ziel gesetzt, zum Kern vorzudringen und den Untergang einer jüdischen Familie während der Besatzung zu schildern, basierend auf dem Schicksal meiner eigenen Familie.

Ich möchte Sie etwas fragen, tue das aber lieber nicht in der Öffentlichkeit. Wie ist es eigentlich Ihrer Familie ergangen? Leben Ihre Verwandten noch?

Selbstverständlich hat es einige Verschiebungen gegeben, das ist unvermeidlich; beim Schreiben unterwirft man sich den Anforderungen der Erzählung. An die Fakten habe ich mich aber gehalten: So und nicht anders ist es gewesen.

»Hast du deinen Kalender vor dir?«

»Ja, Anki.«

Es war etwa zehn Uhr abends. Um diese Zeit rief sie sonst nie an. Ihre Stimme klang anders, gehetzter.

»Ist etwas, Anki?«

»Ich habe einen Anruf aus Zelhem bekommen.«

»Zelhem? Da bin ich doch gerade erst gewesen, vor noch nicht mal einer Woche.«

Der Rektor des Gymnasiums hatte eine lange Vorrede gehalten, während ich auf dem Podium hinter ihm saß und darauf wartete, dass er fertig würde. Seine Einführung hatte nichts mit meinem Thema zu tun, sondern handelte von den Heiligenfiguren in toskanischen und sizilianischen Kirchen, über die er offenbar ein Buch geschrieben hatte, das zwar noch nicht erschienen war, aus dem er aber schon ein Kapitel vorlesen konnte. Nach einer knappen halben Stunde überließ er der Rednerin dieses Nachmittags – mit Vergnügen – das Wort und trat vom Podium.

Da mein Werk zu einem großen Teil in der Ich-Form geschrieben ist, erweckt das bei manchem Leser den Eindruck, dass die Autorin und die Ich-Erzählerin ein und dieselbe Person sind. Mit Ausnahme reiner Autobiografien trifft das aber nur selten zu. Das Schreiben in der Ich-Form ist eine literarische Technik. Ich verwende diese Form sehr oft in meinen Erzählungen und muss zugeben, dass eine gewisse Verwandtschaft zwischen Autorin und Ich-Erzählerin besteht, wobei sich diese Verwandtschaft allerdings auch auf andere Figuren erstreckt. Während der Arbeit versuche ich, die Charaktere, über die ich schreibe, genauso gut kennenzulernen, wie ich mich selbst kenne – oder zu kennen meine. Es entsteht eine Verbundenheit, und so ist es häufig unvermeidlich, dass ich bestimmte Eigenschaften von mir auf die Figuren übertrage. Man bezeichnet das als Abspaltungsprozess: In den meisten Figuren steckt etwas von einem selbst. Dennoch darf man den Autor nie mit seinen Romanfiguren gleichsetzen. Ein Buch ist und bleibt schließlich ein Produkt der Phantasie.

Ich muss Ihnen gestehen, dass ich nichts von Büchern halte, die in der Ich-Form geschrieben sind. Die lese ich nie.

Nach meiner Lesung ging der Rektor schweigend mit mir den Gang entlang und schloss die Schultür hinter mir.

»Was wollen die denn, Anki?«

Ich konnte mir nicht vorstellen, die Schule dieses Rektors noch einmal zu betreten.

»Der Hausfrauenverein dort ...«

»Die Mütter von den Schülern?«

»Notier dir den Termin für Sonntagnachmittag.«

»Übermorgen? Haben die es so eilig?«

»Da ist jemand krank geworden.«

»Wer?«

»Maarten de Gal, glaube ich.«

»Aber für den arbeitest du doch nicht, oder?«

»Nein. Aber sie haben mich angerufen. Du musst einspringen.«

»Warum ich?«

»Wer sonst?«

In letzter Zeit war mir die Vermutung gekommen, dass ich die Einzige war, für die sie Lesungen organisierte. Ich habe sie nie danach gefragt.

Im Nachhinein tut es mir leid, dass ich so wenig von ihr wusste, dass ich sie nicht zu einem längeren, persönlichen Gespräch verleiten konnte, ihr nie mehr über ihre Beweggründe habe entlocken können.

»Sonntag kann ich nicht, Anki.« Ich hatte noch nie einen Auftrag abgelehnt. Es war heraus, ehe ich mich's versah.

»Was sagst du? Wieso kannst du nicht?«, rief Anki mit schriller Stimme, ein für mich unbekannter Klang, in dem ich ihr behutsames Timbre vermisste.

Das Erlebnis bei einer Zusammenkunft von Hausfrauen in einer kleinen Provinzstadt lag mir noch frisch im Gedächtnis. Ich hatte Anki schon vorschlagen wollen, Anfragen solcher Vereine vielleicht besser vorher mit mir abzusprechen.

Es war nicht nur der beengte Saal mit dem improvisierten Podium, eine wackelige Apfelsinenkiste, über der ein ständig verrutschender kleiner Kelim lag. Es war nicht nur die beklemmende Stille, die entstand, als ich nach meiner Einführung von der Kiste stieg, um, fester stehend, dem Publikum die Gelegenheit zu geben, Fragen zu stellen.

Es war das Publikum, das mich sprachlos anstarrte.

Es war die Stille, die schließlich von einer der mehr oder weniger verzweifelten Frauen ganz hinten im Saal gebrochen wurde.

Aber was fragt man Sie denn immer so?

Es war die Frau, die danach allen Mut zusammennahm und sich von ihrem Stuhl erhob.

Können Sie uns erklären, wie es kommt, dass Juden so anders sind und sich so anders benehmen?

»Es ist intolerabel, anders zu sein«, sagt Albert Memmi in seinem Buch *Portrait d'un juif* (Gallimard, Paris 1962) »Denn während der Feind des Juden diesen beschuldigt, anders zu sein, möchte der Freund des Juden ihm dieses Elend ersparen: Beide sind sich also in diesem Punkt einig.«

Als ich in meinem – überwiegend katholischen – Geburts-
ort noch in die Grundschule ging, habe ich dann und wann
erlebt, dass man unsere Familie als »anders« ansah. Kinder,
die mit meiner Schwester und mir von der Schule nach Hause
gingen, lugten neugierig bei uns hinein und trauten sich nicht
über die Schwelle. Irgendetwas musste bei uns wohl merkwürdig sein, vermuteten sie, und das schreckte sie ab. Obwohl uns
Kinder von anderen Schulen so manches Mal als dreckige Juden beschimpften, habe ich später nie mehr etwas Derartiges
erlebt. Es sollte noch ungefähr zehn Jahre dauern, bis ich mit
den harten Fakten des Andersseins konfrontiert wurde. Dennoch müssen die beunruhigenden Signale in den dreißiger Jahren für uns eine Warnung gewesen sein.

Eines Nachmittags kam ich von der Schule nach Hause,
und während ich auf dem Flur meinen Mantel an die Garderobe hängte, hörte ich jemanden in lautem Ton sprechen. Die
Geräusche kamen aus dem Wohnzimmer. Andere Stimmen
waren nicht zu hören. Es blieb ein barscher Monolog. In der
Annahme, dass jemand zu Besuch gekommen war, der wenig
freundliche Umgangsformen pflegte oder einem aus meiner Familie die Meinung sagen wollte, öffnete ich leise die Tür und
lugte durch einen Spalt ins Zimmer. Dort standen mein Vater
und mein Bruder, jeder auf einer Seite des Kamins. Sie hielten
die Köpfe ein wenig geneigt und blickten schweigend auf den
Lautsprecher des Radios.

»Wer schreit denn da so?«, fragte ich.

»Das ist Hitler«, sagte mein Vater.

Ich blieb kurz stehen und lauschte. Ich lernte erst seit einem Jahr Deutsch in der Schule, und ich bekam nur wenig

mit. Ich verstand lediglich das Wort »Juden«, das der Mann immer öfter und in immer verächtlicherem Ton aussprach, als träte er darauf ein.

Möchten Sie sich mit Ihren von Gott gegebenen Talenten nicht in seinen Dienst stellen, indem Sie mit Ihrer Feder die Frohe Botschaft verbreiten?

Ich sehe meinen Vater und meinen Bruder noch vor mir, wie sie dort schweigend am Kamin standen und auf die Ebonitscheibe des Lautsprechers starrten, und ich höre noch immer den Klang jener schneidenden Stimme.

Die Bauernfamilie auf dem Haarlemmermeerpolder, bei der ich während des Krieges einige Monate lebte, sah mir gerne dabei zu, wenn ich mir das Haar bleichte und damit versuchte, mein Aussehen zu verändern. Auf den Ansatz meines von Natur sehr dunklen Haars schmierte ich die starke Lösung eines Bleichmittels. Es hätte weniger Probleme gegeben, wenn ich blond gewesen wäre, fanden meine Gastgeber, als wäre Jüdischsein nur eine Frage der Haarfarbe. Jedenfalls konnten sie mich jetzt, mit meinem helleren Äußeren, leicht für eine der Ihren ausgeben, so dass sie mich ruhigen Gewissens zum Bohnenpflücken und Unkrautjäten im Gemüsegarten anstellen konnten.

Es hat mich immer fasziniert, wie das beinahe wundersame Zusammentreffen von Umständen einer bestimmten Situation eine völlig andere Wendung geben kann. Häufig sind es Kleinigkeiten, die das Schicksal entscheidend beeinflussen oder verändern. Es beschäftigt mich intensiv, wie ein Leben verlaufen oder eben nicht verlaufen wäre, wenn man zum Beispiel in einem gewissen Moment in eine andere Straße eingebogen, einer anderen Person begegnet, eines Morgens zu spät aufgestanden wäre und dadurch ein Flugzeug oder den Zug verpasst hätte ...

In meinem nächsten Unterschlupf in Heemstede, einem alten Gebäude im Bleekervaartweg, in dem ein Töpfer seinen Betrieb hatte, wurde mein Personalausweis, der sich als auffallend schlechte Fälschung erwies, durch ein offizielles Dokument ersetzt.

Es wurde mir von einem Mitglied der Widerstandsbewegung gebracht, der ein Stempelkissen dabeihatte, um den neuen Ausweis mit den beiden obligatorischen Fingerabdrücken versehen zu können.

Ein Beamter in Friesland, der ebenfalls der Widerstandsbewegung angehörte und auf dem Standesamt einer kleinen Gemeinde arbeitete, hatte die Personalkarte eines Mädchens, das einige Jahre zuvor gestorben war, aus dem Karteikasten des Melderegisters entnommen und durch eine neue ersetzt.

Mit diesen legalen Papieren habe ich mehrere Jahre unter dem Namen dieses Mädchens gelebt. Ich besaß nichts mehr, was auf diejenige hätte verweisen können, die ich davor gewesen war.

Wir danken Ihnen, dass wir sie so intim erleben durften.

Ich war zu einer anderen geworden.

Unerwartet brach der Kontakt zu Anki K. ab. Ich hörte nichts mehr von ihr. Ihre Anrufe blieben aus.

Ich versuchte etliche Male, sie anzurufen, aber sie nahm nicht ab. Schließlich stellte sich heraus, dass ihr Anschluss gesperrt worden war. Es ist mir nicht gelungen, sie zu erreichen. Es hat mich eine ganze Weile beschäftigt, weshalb sie wohl so plötzlich, von einem Tag auf den anderen, ihr erfolgreiches Unternehmen schloss; weshalb sie mich nicht benachrichtigte. Später erfuhr ich, dass sie nach Neuseeland ausgewandert war.

Sie wird ihre Gründe gehabt haben.

Ich habe Monate gebraucht, bis ich mich wieder an die Arbeit setzen konnte. Die Provinz habe ich lange Zeit gemieden.

Die sechziger Jahre waren vorbei.

Aus dem Niederländischen von Helga van Beuningen

Kinderlager
Jill Stolk

Ich müsste einen Tag ins Kinderlager, fand meine Mutter. Das wäre mal eine kleine Abwechslung im normalen Ferienmuster. Muster? Das war ein Stück Papier, das man zum Nähen von Kleidern benötigte. Waren meine Ferien knitterig, dünn und fast unsichtbar? Die Tage fingen an und gingen zu Ende, und zwischendurch passierte alles Mögliche. Wozu mal eine kleine Abwechslung? Ich fand das nicht nötig.

Da war noch etwas. Kinderlager! War das ein Lager für Kinder? Gab es so etwas? Mein Vater war jahrelang in einem Lager gewesen, und es hatte ihm dort ganz und gar nicht gefallen. Man wurde dort krank. Es war dort alles andere als gemütlich. Es gab fast nichts zu essen! Warum fand meine Mutter, dass ich auch so etwas (aber dann für Kinder) mitmachen sollte?

Sie wollte nicht, dass ich bei ihr blieb. Das war es. Wenn sie wollte, würde ich gehen. Es war bloß für einen Tag. Und sie versorgte mich gut. Ich bekam etwas Proviant mit. In einer blauen Büchse mit einem Schiebedeckel mit Blumen darauf waren genügend Brote und Rosinenbrötchen.

Frühmorgens brachte sie mich zu einem Haus, zu dem noch viel mehr Kinder und Mütter kamen. Die Mütter gingen wieder weg, und die Kinder blieben da. Also gab es noch viel mehr mit Ferienmuster. Bei den Kindern waren Frauen. Frauen, die ich noch nie gesehen hatte. Die sollten mit uns ins Kinderlager gehen.

Alle Kinder mussten sich zusammenstellen, und ein Seil wurde um uns herumgespannt. Die Frauen standen außerhalb des Seils. Und jetzt los! Die Kinderschar innerhalb des Seils setzte sich in Bewegung. Ich konnte nicht gut laufen. Das Kind hinter mir trat mir immer wieder auf die Fersen, und wenn ich versuchte, den Tritten mit kleinen Schritten nach vorne auszuweichen, prallte ich gegen das Kind vor mir. Und wenn ich wieder etwas zurückging, wurde mir auf die Fersen getreten.

Kurz gesagt: Innerhalb des Seils war kein Platz für mich. Ich musste da raus. Untendurch. Aber was war das? Sofort drängte eine Frau mich zurück. Und schon war sie wieder weg. Ich bückte mich nochmals, um unter dem Seil durchzuschlüpfen. Und wieder war die Frau da, die mich zurückdrängte. Fersen. Zusammenprallen. Außerhalb des Seils. Innerhalb des Seils. So gingen wir ins Kinderlager.

Es fing auf einem Spielplatz an, wo wir an langen Tischen orangefarbene Limonade mit zu viel Wasser tranken. Danach durften wir spielen.

So lange wie möglich besetzte ich die Schaukel. Bettelnde Lagergenossen ignorierte ich.

Es kam mir vor, als ob der Tag noch nicht einmal zur Hälfte vorbei wäre. Und ich war schon so lange von zu Hause weg. Zu Hause verflog die Zeit nur so. Womit? Was passierte dort? Alles, das wie von selbst ging. Spielen. Essen. Nachbarskinder. Auf der Straße.

Essen. Ja! Die blaue Büchse war mir abgenommen worden und lag auf einem großen Haufen mit anderen Taschen und Büchsen.

Es war doch ein Lager. Wer wusste schon, was sie damit machen würden! Zum Glück war noch alles drin. Ich aß es auf. An dem langen Tisch, an dem ansonsten niemand saß, aß ich es lieber auf, bevor sie mir damit einen Streich spielen konnten. Während des Essens entdeckte ich einen grünen Hügel im Schatten. Mit der leeren Büchse um den Hals ging ich auf den flachen Hügel und wartete darauf, dass das Lager vorbei sein würde. Ich blieb nicht nur stehen. Mal stand ich still, dann wieder sprang ich hin und her, denn eine Wespe flog ständig um meine Blumenbüchse herum, in der auch ein Butterbrot mit Marmelade gewesen war.

Aus der Ferne winkten mir die Frauen von ihrem Tisch aus zu.

»Komm her«, riefen sie. »Komm her, spielen.«

Das hatte er auch erzählt, mein Vater. Im Lager sollte man immer Dinge tun, zu denen man keine Lust hatte.

Bleibt nur von meinem Hügel weg, dachte ich.

Der Wind blähte die Röcke des Feindes.

Aus dem Niederländischen von Doris Hermanns

Elefantenhaut
Sanneke van Hassel

Eilig stopft Corneel ihre Fäustlinge in die Jackentaschen und ▬ schließt ihr Fahrrad am Laternenpfahl an. Geschlagene drei Mal rutscht es vom Gehweg ab. Ihre Schwester Koos ist bestimmt schon drinnen – früher, als Kind, saß sie immer schon eine Viertelstunde vor der Abfahrt im Auto. Corneel kommt immer zu spät. Heute Abend musste sie erst mal ihr Rad suchen, das noch an der Metrostation stand.

Das Badehaus hat Fensterrahmen aus Kunststoff, und neben der Eingangstür hängen die Plastikblumentöpfe, die die Stadt überall verteilt hat. Fliesen mit orientalischen Motiven umranden die Eingangstür. Darüber kleben die Buchstaben *Hamam 1001 Nacht.*

Durch das Fenster sieht sie Koos, die an der Theke die Preisliste studiert. Sie ist schon drei Mal hier gewesen. »Jedes Mal komme ich wie neugeboren da raus. Es ist so ein besonderer Ort. All die Frauen, die sich gemeinsam waschen, herumalbern, Minztee trinken.«

Corneel zieht den »Gutschein für einen Hamambesuch« aus der Tasche. Koos' Geschenk zu ihrem dreiunddreißigsten Geburtstag. Nach dem Besuch muss sie den Zettel abgeben. Solche Sachen nimmt ihre Schwester sehr genau. Corneel öffnet die Tür. Leises Klimpern, Geräusche aus einem Zeichentrickfilm mit Fakiren und fliegenden Teppichen.

»Da ist meine kleine Schwester ja«, ruft Koos.

»Hallo, schön, dass du da bist«, sagt eine Marokkanerin in singendem Tonfall. Sie hat lange Fingernägel und ihre Lippen sind sorgfältig dunkel nachgezogen. Sie trägt einen engen Jogginganzug in Babyrosa. »Ich bin Naima und werde euch alles erklären. Du kannst schon mal deine Jacke aufhängen. Deine Schwester hat ein nettes Paket zusammengestellt. Da könnt ihr gestressten Frauen euch mal richtig entspannen.«

In einem Friseurstuhl liegt eine Frau, deren Kopf in Aluminiumfolie gehüllt ist. Ihr Gesicht ist feuerrot. Die Friseurin neben ihr hat den gleichen perfekten Mund wie Naima. Vorsichtig lupft sie die Folie ein wenig: »Ooooh, das ist ja ganz grün geworden«, sagt sie mit erschrockenem Gesicht.

Die Frau fängt ängstlich an zu lachen.

»War nur Spaß«, ruft die Friseurin.

»Das ist meine Schwester Fatima, ihr gehört der Laden«, sagt Naima.

»Wie schön, zwei Schwestern«, sagt Fatima. »Ihr seid euch wirklich sehr ähnlich. Meine Schwester und ich auch, in allem. Wir sind beste Freundinnen, und dann arbeiten wir auch noch jeden Tag zusammen.« Sie zieht eine kurze Felljacke von der Garderobe. »Ich muss mal schnell was besorgen. Naima, Liebes, soll ich dir was mitbringen?«

»Ich hab echt Heißhunger auf eine Apfeltasche.«

»Hier in der Gegend gibt's gute Bäcker«, sagt Fatima, »und alle möglichen Geschäfte. Ansonsten ist das hier ein Drecksviertel. Ich wohne in Prinsenland. Neubau, schön ruhig und unheimlich sauber.« Ihr Telefon klingelt. »Hallo ... Was sagst du, Schatz? ... Nein, ich seh dich gleich, *inschallah*. Ist gut, Schatz ... jaja, okay, tschüssi!«

Corneel und Koos gehen mit Naima in den nächsten Raum. Niedrige Bänke an der Wand, eine Vitrine mit Apfelsinen und Erfrischungsgetränken. »Kommt nur weiter!« Energisch drückt Naima die Klapptür auf. In der Umkleide steht eine dicke Frau, den Badeanzug halb abgestreift auf dem Bauch. Schamhaft wendet sie sich ab.

»Wir sind hier nur Frauen, das ist so gesellig«, sagt Naima. »Welche Größe habt ihr?«

Auf dem Fußboden liegt ein Berg verblichener Badelatschen. Koos bekommt ein lilafarbenes Paar und Corneel beige. Ihre Sachen verstauen sie in Umkleideschränken. Corneel trägt einen alten, ausgeleierten Badeanzug. Ihre Schwester ist braungebrannt und sehnig vom vielen Sport, eine jungenhafte Badehose umschließt ihren flachen Bauch, kein Oberteil.

»Erst abbrausen, und dann sehe ich euch hinterher im Hamam.«

»Die sind nett, was?« Koos winkt Naima nach und geht vor Corneel her in den Duschraum. »Ich hab mich sofort total wohlgefühlt.«

Corneel nickt. Unbeholfen steht sie da und drückt mit einer Hand den Duschknopf, damit das Wasser weiterhin fließt.

»Sie sind sehr sauber in diesen Ländern, darum muss man immer erst duschen ...« Das Wasser strömt über Koos' glatte Beine.

Epilieren, das hat Corneel vergessen. Beschämt schaut sie auf die Stoppeln in ihrer Bikinizone.

Naimas Kopf taucht hinter einer feucht beschlagenen Tür auf.

»Wir wären dann so weit, ihr beiden.«

Der nächste Raum ist mokkafarben mit Marmorimitat-fliesen gekachelt. Er ist nicht viel größer als Corneels Wohn-zimmer. Die Bänke an den Wänden sind mit Mosaiken aus-gelegt, in den Ecken stehen Wasserbassins. In der Mitte prunkt ein Bett aus Stein.

Eine alte Frau gießt einen Eimer aus. Missmutig schiebt sie mit einem Wischer Seifenreste, Wasser und kleine mensch-liche Überbleibsel in einen Abfluss.

»Das Badehaus erzeugt jede Menge Abfallstoffe«, erzählt Naima. »Alle hinterlassen hier ihre Bakterien. Spätabends ma-chen wir mindestens eine Stunde sauber, in diesen Ghostbus-ter-Anzügen, mit so Zeugs, das in Krankenhäusern benutzt wird. Wenn die Gemeinde uns kontrolliert und es ist nicht sauber, können wir den Laden dichtmachen.«

Die Frau lehnt den Wischer an die Wand und mustert die Schwestern. Sie sieht aus wie ein alter Vogel, verlebt, mit ste-chenden Augen, der Nacken krumm vom Schrubben.

»Wir reiben euch jetzt erst mal mit Olivenseife ein, das ist sehr gut für die Haut.« Naima drückt eine geleeartige Substanz aus einer Großpackung. »Ein original marokkanisches traditi-onelles Rezept.« Zuerst reibt sie Koos ein.

Der Geruch von Schmierseife dringt in Corneels Nase. Nachdem Naima auf Arabisch etwas zu der alten Frau gesagt hat, geht diese in die Knie. Ihre Gelenke knacken dabei. Sie seift ihr die Fußgelenke ein. Das kann ich auch selbst, denkt Corneel. Koos hält die Augen geschlossen und gibt sich Nai-mas Bewegungen hin.

»Jetzt eine Viertelstunde ins Dampfbad.« Naima öffnet die Tür, Wasserdampf entweicht. In dem Nebel kann Corneel eine Kabine mit zwei Bänken übereinander an den Wänden ausmachen. Auf diesem Affenfelsen sitzen drei türkische Frauen und reden aufgeregt durcheinander. Weiche, runde Frauen mit leicht getönter Haut, nicht in der Krebsfarbe der Schwestern.

»Wunderbar…« Koos setzt sich direkt neben sie.

In den ersten Minuten bringt Corneel vor lauter Hitze kein Wort heraus. Sie tut ihr Bestes, die anderen Körper nicht zu berühren, sitzt mit durchgedrücktem Rücken da wie ein Schulmädchen. Die Olivenseife brennt. Eine der Frauen fängt an zu singen. Eindringliche melancholische Klänge füllen die Kabine. Gänsehaut auf ihren rosa Armen.

Koos kneift Corneel in die Seite, dort, wo sich das Fett angesammelt hat. »Ich war gestern klettern und hab überall Muskelkater.« Sie beugt sich vor, zupft an ihren Zehen. »Diesen Sommer will ich auf den Mont Blanc.«

»Machst du das allein?«

»Nein, mit einem Team, wir trainieren jeden Montag. Man muss einander blind vertrauen, in Topform sein und den eigenen Körper sehr gut kennen, jeden einzelnen Muskel.«

Corneel schaut nach unten, heute Morgen unter der Dusche konnte sie gerade noch ihre Fußnägel unter ihrem Bauch hervorlugen sehen. Mit über dreißig kommt das Fett, hat sie mal gelesen. Auch, wenn man dieselbe Kalorienmenge verbraucht wie früher, man wird trotzdem dicker. Koos meint, Druck sei gut gegen Übergewicht. Sie ist Fotografin und steht ständig unter Druck. Oft hat sie keine Aufträge und dann plötzlich jede Menge Arbeit, die am nächsten Tag erledigt sein muss. Corneel arbeitet als Zuständige für Medien- und Informationsdienste bei einer Bibliothek, eine sitzende Tätigkeit, seit Jahren mit demselben Tagesablauf.

»Wer will als Erste?« Naima hat die Tür aufgerissen, eine wohltuende Kühle strömt herein.

Koos springt sofort auf. »Ich geh schon, dann kannst du dich noch ein wenig seelisch darauf vorbereiten.« Auch die türkischen Frauen verlassen die Kabine. Corneel setzt sich auf die untere Bank. Zum ersten Mal am Abend ist es still. Ruhig atmen. Sie legt die Hände auf ihre Oberschenkel und streicht sanft über die kräftige Haut, unter der ihr Fleisch ruht. Undurchdringliche Elefantenhaut.

Schallendes Gelächter aus dem Nebenraum. Naima kriegt sich gar nicht mehr ein, und die alte Frau krächzt mit. Die Tür fliegt auf. »Sieh dir das mal an, die haben mich vielleicht rangenommen!« Koos steht im Türrahmen. »Lauter Hautfetzen an meinem Rücken. Zu komisch, was? Sie mussten so lachen, weil ich gefragt habe, ob es nicht noch ein wenig fester ginge.« An einem groben Waschhandschuh kleben graue Röllchen. Die abgeschrubbte Haut.

»Bei dir kommt bestimmt noch mehr runter, weil du noch nie hier gewesen bist.«

»Nur hereinspaziert! Wir sind so weit!«, ruft Naima.

In ihren Badelatschen schlurft Corneel zu dem steinernen Bett. Ein Stückchen weiter schaut die dicke Frau von einem hohen Massagetisch auf sie herab. An einem Bassin reichen die türkischen Frauen eine Flasche Shampoo herum, ihre Gesichter weiß von Schlamm. Bestimmt sind sie schon mal hier gewesen. Die alte Frau spült die Plastikmatte ab, auf der Koos gelegen hat. Da verschwindet ihre Pelle durch den Abfluss, ihr

Beitrag zum städtischen Kreislauf. Corneel streckt sich auf dem Stein aus.

»Du musst dich schön entspannen«, sagte Naima.

»Das fällt ihr sehr schwer.« Strotzend vor Gesundheit steht Koos da. »Corneel, lass es einfach geschehen. Gleich hast du eine Haut wie ein Baby.«

Die Frau dreht sie auf den Bauch, plumper Seelöwe auf einem Felsen. Ihre Arme hängen schlaff über den Rand. Die Frau fängt bei ihren Unterschenkeln an. Corneel stöhnt laut auf. Es fühlt sich an, als würden ihre Beine mit Schmirgelpapier bearbeitet, Körnung 80. Sie wimmert. Mit nicht nachlassender Kraft schrubbt sich die Frau weiter nach oben, Richtung Leisten.

Corneel richtet sich auf. »Das ist nichts für mich.«

Naima ist sofort zur Stelle. »Beim ersten Mal ist es immer ein wenig ungewohnt«, sagt sie. Auf Arabisch fragt sie die Frau etwas, die zuckt die Achseln. Dann wendet sie sich wieder an Corneel. »Tut es wirklich weh, oder hast du Angst, es könnte wehtun?«

»Es tut weh. Ich hab empfindliche Haut. Ich bekomme schnell Ausschlag, von der Kälte, von der Hitze.«

»Du hast viele tote Hautzellen, darum spürst du es mehr. Leg dich mal ganz ruhig hin und achte auf deine Atmung.«

Corneel lässt sich wieder auf den Stein sinken. Über der Tür das Schild mit der Aufschrift Notausgang. Sie schließt die Augen. Die alte Frau macht sich über ihre Arme her. Ihre Haut löst sich in großen Fetzen. Rosa Streifen aufgeschrammter Haut, darunter ist es rau und wund.

»Das ist was ganz Besonderes, was?«, ruft Koos.

Corneels Gesicht ist verkrampft, ihr Nacken angespannt. Nicken geht nicht mehr.

Koos und Naima lächeln schwesterlich. Corneel spürt die Tränen brennen. Und dann läuft eine aus ihrem Augenwinkel über ihre erhitzten Wangen.

»Ich war schon immer eher der physische Typ«, sagt Koos. »Ich war auch besser im Sport.«

»Nichts erzwingen.« Naima zieht Corneel an den Schultern hoch. »Wenn's nicht geht, dann geht's nicht. Bleib sitzen, ich hol dir ein Glas Wasser.« Die alte Frau schlurft ihr hinterher.

»So schlimm?« Koos setzt sich neben Corneel auf den Stein.

»Ich hab problematische Haut, das weißt du doch.«

»Gerade wenn man so raue Haut hat wie du, ist das sehr gut.«

Naima reicht ihr ein Glas Wasser. »So, ich mach das Peeling jetzt selbst. *Special treatment*, extrasanft. Wir geben jetzt natürlich nicht auf.«

»Ich bin noch für eine Runde im Dampfbad«, sagt Koos.

»So geht's doch, oder?« Naima zieht den Badeanzug in Corneels Poritze und kreist über ihren Hintern. »Gleich nimmst du eine schöne Massage dazu, ist nicht teuer, und dann gehst du noch kurz in den Hamam. Die eine hat nun mal eine höhere Schmerzgrenze als die andere. Das ist sehr subjektiv.«

Der raue Waschhandschuh fährt über ihre Brüste und ihren Bauch.

»Durch die Nase einatmen, ausatmen durch den Mund.«

Corneel atmet langsam, Erinnerungen steigen in ihr auf, an eine gynäkologische Untersuchung beim Hausarzt, an das Mal, als der Zahnarzt die Betäubung vergessen hatte.

»Gut so, Mädchen, ich bin stolz auf dich.« Naima ist nun bei ihren Schultern angelangt.

Eimer für Eimer gießt die alte Frau auf dem Fußboden aus, sie kommt gar nicht dagegen an.

»So, setz dich nur auf. Sieh nur, wie viel da runtergekommen ist.«

Abgeriebene Haut auf einem Waschhandschuh. Arme mit blutrotem Ausschlag.

»Man tut das nur für sich selbst, sag ich immer. Jetzt kurz abbrausen und dann Schlamm mit Rosenwasser, das ist auch sehr wichtig.«

Koos tritt ein, von Kopf bis Fuß mit Schlamm bedeckt, sie lächelt selig.

»Wir verwenden nur natürliche Produkte«, sagt Naima.

Erschöpft stellt sich Corneel unter die Dusche. Jetzt nach Hause, die Tür abschließen und schlafen. Aber Koos ist noch nicht fertig. Die Nagelhaut muss noch zurückgeschoben, die Haare müssen gewaschen werden. Sie hat eine Tasche voller Masken und Cremes dabei. Ihre Finger bearbeiten Corneels Kopfhaut. »So ein Luxus, wenn man von jemand anderem die Haare gewaschen bekommt.«

»Ich brauch's nicht.«

»Das ist ganz üblich in diesen Kulturen.«

»Warum machst du hier nicht mit?« Corneel räumt ihre Toilettentasche wieder ein.

In aller Seelenruhe raspelt sich ihre Schwester mit einem Bimsstein die Hornhaut von den Füßen.

Der letzte Teil des Pakets ist die Massage. Corneel schafft es nicht, sich zu entspannen. Sie stellt sich vor, sie wäre gepanzert, die Haare auf ihren Armen kurze Stacheln. Die Schmerzen im Nacken gehen nicht mehr weg.

Während sie sich anzieht, kommt Fatima mit einem Stapel Prospekte herein. »Zum Verteilen an Freundinnen. Nimm nur, so viele du möchtest.« Sie drückt ihr die Prospekte in die Hand, die Corneel auf das nasse Handtuch in ihrer Tasche wirft.

Koos hängt auf einem Sofa im Salon, völlig vertieft in ihr Handy. »Ich hab gleich noch eine Verabredung«, sagt sie, ohne aufzusehen. Corneel lässt sich neben sie in die Kissen rutschen und blättert durch eine Autozeitschrift. Was tun, wenn man mit dem Auto ins Wasser gerät, der große Sicherheitsgurte-Test. Auf einem Kupfertablett serviert Naima Tee in Gläsern. »Wie still es hier ist.« Sie dreht an einem Knopf, der Jingle von Sky Radio schallt durch den Raum. Schweigend sitzen die Schwestern da und rühren in ihrem Minztee.

Aus dem Niederländischen von Andrea Kluitmann

Begräbnis**stimmung**

Ellen Ombre

Ich habe Herrn van Santen fünf Stunden lang erlebt. Dann starb er. Er unterrichtete Erdkunde an der Mittelschule in Amsterdam Ost.

»Wer von euch hat diese Woche die Sendung von Doktor van Egeraat gesehen?« So testete er jede Stunde das Interesse der Klasse. Damals, zu Beginn der sechziger Jahre, konnte sich längst nicht jeder einen Urlaub leisten, und Reisebüros oder Charterflüge gab es noch kaum. Man übernachtete mal bei einem Verwandten in einer anderen Stadt, fuhr für einen Tag an den Strand, watete barfuß durch das Wasser, und hinter dem Horizont sah man ein Schiff verschwinden. Einige wenige besaßen einen Schrebergarten, der mit dem Fahrrad zu erreichen war, oder gar ein Sommerhaus. Dort verbrachte man die Wochenenden oder die Ferien. Doktor van Egeraat dagegen nahm die Fernsehzuschauer wie ein guter Hirte mit auf Reisen in ferne Länder, zu fremden Kulturen; an die spanische Costa Brava, nach Mallorca, in die Dordogne, Gegenden, die bisher nur ein paar wohlhabende oder abenteuerlustige Holländer betreten hatten.

Die Schüler, von denen die meisten noch kein Fernsehgerät zu Hause hatten, sollten auf der Europakarte den Wegen des gelehrten Weltreisenden van Egeraat folgen. Sie hatten allenfalls das Meer gesehen, aber weiter als bis zum Nordseestrand war keiner gekommen.

Herr van Santen selbst war sogar schon in Frankreich gewesen, in Les Landes.

Gleich nach seiner Pensionierung wollte er sich dort nach einem Bauernhof umsehen, oder, wer weiß, vielleicht konnte er sogar ein kleines Schloss erstehen. Er hatte das Anwesen besucht, in dem Josephine Baker mit ihren Adoptivkindern wohnte, den Regenbogenkindern, die aus allen Teilen der Welt kamen. Das Palais und seine Bewohner, eine Touristenattraktion, hatten ihn tief beeindruckt. Hatte jemand in der Klasse schon mal von der legendären Josephine Baker gehört? Niemand? Herr van Santen blickte mich hoffnungsvoll an. Aber der Name sagte mir nichts.

Ich war seit einigen Monaten mit meinen Eltern auf einer Hollandreise: eine Unternehmung, für die sie ein Jahr veranschlagt hatten. Nachdem wir ein Weltmeer überquert hatten und wochenlang unterwegs gewesen waren, erreichten wir im Frühjahr Amsterdam. Bald nach unserer Ankunft machten wir uns nach Ermelo in der Veluwe auf. Dort verbrachten wir zwei Wochen in einem kleinen, feuchten Haus mit zwei Zimmern, einem von Dutzenden, die dicht an dicht einen sogenannten Bungalowpark bildeten. Die ersten zehn Tage regnete es ununterbrochen. Die Ausstattung des Wohnzimmers, in dem meine Eltern auch schliefen, bestand aus sechs Rattanschalensesseln, einer ausklappbaren Tischplatte und zwei Einzelbetten, die man untereinanderschieben und dann als Couch nutzen konnte. Meine Mutter beschwerte sich und meinte, sie habe noch nie unter so primitiven Umständen einen Haushalt geführt. Es sei geradezu ein Leben wie auf der Plantage, das sie von klein auf gehasst hatte. Sollte dies etwa Urlaub sein? Kein

Komfort. Nichts, außer einem zweiflammigen Gaskocher. Und das in Holland!

Mein Vater zündete sich jeweils mit dem Stummel der vorigen Zigarette die nächste an. Das Mischen der Spielkarten, die er mit auf die Reise genommen hatte, ging ihm immer leichter von der Hand, und er vertiefte sich in eine Patience nach der anderen.

Außer den Spielkarten befand sich im Wohnzimmer unseres Bungalows auch noch ein unvollständiges Mensch-ärgere-Dich-nicht-Spiel. In das andere Zimmer, das Kinderzimmer, passten mit Müh und Not zwei Etagenbetten. Im Dorfladen mit dem surrealen Namen 4 = 6 gab es, abgesehen von Kaffee, Tee, schwarzem Pfeffer und Muskat, als einzigen anderen tropischen Artikel weißen Bruchreis. Wir erstanden ein Spiel, das Denk Fix hieß, und den gesamten Vorrat an Ansichtskarten. In Ermelo wurden wir angestarrt, als kämen wir von einem anderen Planeten. Dabei waren wir doch nur Feriengäste.

Der Bungalowpark lag in einem Wald, dessen Bäume alle gleich gewachsen waren und in Reih und Glied standen. Das Unterholz wurde sorgfältig gepflegt. Die Tage in Ermelo verbrachte ich überwiegend im Bett. Beim Aufstehen hatte ich das Gefühl, in einer riesigen, leeren, nicht ausgespülten Milchflasche eingeschlossen zu sein; die Fenster waren immer beschlagen.

In diesem Urlaub war die Zeit irgendwie aus dem Takt geraten; ein Blick auf die Uhr: fünf nach zehn. Man malte mit dem Finger auf der beschlagenen Scheibe, spielte eine Partie Denk Fix oder Tic-Tac-Toe, sah noch einmal auf die Uhr und stellte fest, dass erst zwanzig Minuten vergangen waren. Einmal hörten wir gegen Einbruch der Dämmerung das rhythmische Stampfen schwerer Schritte. Wir öffneten die Tür einen Spaltbreit und spähten nach draußen. Es waren Soldaten in Tarnanzügen, die an unserem Bungalow vorbeimarschierten. Darüber haben wir uns noch lange unterhalten.

Am elften Tag kam die Sonne zum Vorschein. Draußen roch es frisch und sauber, drinnen war die Luft schwer von unserem Atem. Die beschlagenen Fenster wurden geöffnet und die Matratzen auf den Rattanstühlen zum Lüften in die Sonne gelegt. Ich wollte ein paar Schritte durch den Wald gehen, allein. Das durfte ich nicht. Zu gefährlich. Ein junges Mädchen, das allein herumspaziere, sei wie Freiwild, zumindest sei es anstößig. Ob ich denn nicht bemerkt hätte, wie die Leute mich anstarrten.

Seit diesem Urlaub in der Veluwe ist mir die Lust am Reisen gründlich vergangen. Und ich war erleichtert, als meine Eltern beschlossen, den weiteren Aufenthalt in Holland fest an einem Ort, in Amsterdam, zu verbringen und vorerst keine Ausflüge mehr zu unternehmen.

Nach dem Sommer durfte ich in die Schule. Dort hoffte ich, Ablenkung zu finden. Wie hatte ich mich auf die große Überfahrt zum Mutterland gefreut. Und wie hatte ich meinen Vater bewundert, als er verkündete, Gott schicke diejenigen, die er liebe, in die Welt hinaus. Wenn die Menschen über die Erde verstreut seien, würden sie zu besseren Menschen, zu Kosmopoliten, die überall Wurzeln schlagen könnten, meinte mein Vater. Unsere Reise war jedoch bislang nichts weiter gewesen als die Verlegung unseres Haushalts vom tropischen Paramaribo, jenseits des Ozeans, in die Amsterdamer Wohnung in der dritten Etage und die Ferienunterkunft in Ermelo. Wir hockten immer zusammen.

Die Schule lag um einen Innenhof herum und hatte zwei Stockwerke. Als ich am ersten Tag nach draußen blickte, sah ich oben am Fenster einen Jungen, der winkte. Was, wenn ich nun zurückwinkte, obwohl diese freundliche Geste gar nicht mir galt? Was würde der Junge von mir denken? Womöglich erweckte ich noch einen falschen Eindruck. Solange ich Zurückhaltung wahrte, konnte ich mich nicht blamieren. Um festzustellen, wer mit diesem Gruß gemeint war, ließ ich meinen Blick durch die Klasse schweifen, wagte es jedoch nicht, noch einmal hinüberzusehen. Ich versank in Gedanken an das Leben, das ich noch vor einem halben Jahr geführt hatte und das doch schon so weit weg war.

Hier duzten die Kinder die Lehrer und hatten wenig Respekt. Auf der Graaf-von-Zinzendorf-Schule in Paramaribo war es ganz anders gewesen. Da standen die Schüler auf, wenn der Lehrer den Raum betrat. Die Jungen trugen kurze Hosen, für die Mädchen war dezente Kleidung vorgeschrieben: hochgeschlossene, langärmelige Kleider, der Rock musste zehn Zentimeter über die Knie reichen, und das Tragen eines Unterkleides war Pflicht. Sobald Fräulein Tevreden Verdacht schöpfte, weil sich der Busen eines Mädchens zu stark abzeichnete, machte sie sich einen Spaß daraus, die Schülerin mit zur Toilette zu nehmen, um sie dort einer Unterwäschekontrolle zu unterziehen. Und wehe, das Mädchen trug statt eines Unterkleides nur ei nen Halbrock! Dann konnte es geradewegs nach Hause gehen.

Ich hatte Anweisung, sofort nach der Schule heimzukommen und mich auf keinen Fall irgendwo herumzutreiben. Im

Vergleich zu Paramaribo war Amsterdam eine verruchte Stadt, wie Sodom und Gomorrha, wo Jungen und Mädchen einen freien Umgang miteinander pflegten, auf der Straße Hand in Hand gingen und sich sogar in der Öffentlichkeit küssten; ein schlechtes Umfeld für die Erziehung einer Heranwachsenden. Die Mädchen trugen hier kurze Röcke, die weit oberhalb des Knies endeten. Und ihr Ausschnitt war so tief, dass man, wenn sie sich bückten, sehen konnte, ob sie noch ihre Mandeln hatten, meinte meine Mutter.

Gleich nach dem Klingeln ging ich, wie befohlen, schnurstracks nach Hause, und wenn ich auch nur ein paar Minuten später eintraf als verabredet, wurde ich auf der Stelle verhört.

Der Tod von Herrn van Santen war der erste Sterbefall auf unserer Reise. Er hatte mit sechsundvierzig Jahren einen Herzinfarkt erlitten. Ich hatte keine Ahnung, dass ein Herzinfarkt das Ende bedeuten kann. Der Tod hatte sich früher immer von uns ferngehalten. In Suriname starben nur alte Leute, arme Kinder oder Kranke nach langem Siechtum. Und Menschen, die von der Schande getroffen worden waren. Wie der Goldschmied Louis Polak, ein entfernter Verwandter, den ich aber nicht kannte. Er war in der Blüte seines Lebens gestorben, weil er Zyankali getrunken hatte. Seine Frau Dora war sein Untergang gewesen. Er hatte sie in flagranti mit einem Gehilfen ertappt, einem Analphabeten, wohlgemerkt. Und dann gab es noch Sergeant Doopsel, der mit einem Militärjeep nahe der Marinebrücke in den Suriname-Fluss gefahren war. Er hatte sogar in Niederländisch-Indien als Freiwilliger gegen die Japaner gekämpft. Das hatte ihm die Bewunderung derjenigen eingebracht, die ausgemustert zurückgeblieben waren. Aber auch

111

ihren Neid, weil die Kriegsflotte des Mutterlandes ohne sie ausgelaufen war. Stattdessen mussten sie nun ein Leben als Beamte fristen. Dass sich so jemand wie Doopsel, ein Berufssoldat, ein Mann mit Ehre im Leib, ertränkt hatte! Ein verdienstvoller guter Kerl, der weit herumgekommen war und einen Japsen eigenhändig mit dem Bajonett durchbohrt hatte! Unbegreiflich.

Am Morgen seines Todes hatte Herr van Santen uns von der rauen Landschaft in Les Landes erzählt, wo er seinen wohlverdienten Ruhestand genießen werde, sobald er pensioniert sei. Er lief rot an vor lauter Lebenslust. Er zähle die Jahre, etwa fünfzehn habe er noch vor sich, denke er. Dann sei er ein freier Mann und könne endlich leben, wie er wolle.

Unsere Schule würde ihm die letzte Ehre erweisen, und für die Trauerfeier bekamen wir frei. Die Beerdigung würde auf dem Westerveld-Friedhof in Driehuis, bei Haarlem, stattfinden. Von den Schülern wurde erwartet, dass sie daran teilnahmen.

Das erlauben mir die Eltern niemals, dachte ich auf dem Rückweg zu dem Haus im Archimedesweg, in dem wir untergekommen waren. Erst recht nicht, wenn ich die Fahrt nach Haarlem allein unternehme; das sind bestimmt zwanzig Minuten mit dem Zug. Aber wenn ich nun sagte, dass wir mit der ganzen Schule nach Driehuis führen? In Begleitung der Lehrer! Vielleicht klappte es ja so. Dann wäre ich das erste Mal in Holland frei. Ich wollte nichts lieber als hinaus in die Welt, Menschen kennenlernen. Und die Beerdigung war *die* Gelegenheit, einmal ohne Aufsicht zu sein, allein in der Öffentlichkeit. Ich hatte plötzlich unbändige Lust, wegzufahren und Abenteuer zu erleben.

Ich erschrak von den schnellen Schritten, die mich einholten, aber schaute mich nicht um. Jemand tippte mir auf die Schulter. Das Gesicht des Jungen kannte ich. Er hatte oben am Fenster gewinkt. »Hallo«, sagte er. »Warte doch mal.« Ich blieb stehen. »Kommst du mit zur Demonstration nächste Woche?« Ich verstand nicht, wovon er sprach, und schwieg. Ich hatte bisher nur eine Demonstration erlebt, von Tupperware, bei einer Nachbarin zu Hause in Paramaribo. Da waren luftdicht verschließbare Plastikbehälter in Pastellfarben vorgeführt worden, um die anwesenden Frauen zum Kauf anzuregen.

»Preston Cobb. Ein Schwarzer. Ein Farbiger wie du. Er ist zum Tode verurteilt worden.« Ohne meine Antwort abzuwarten, sprach er aufgeregt weiter, seine Worte überschlugen sich. Wir müssten protestieren. Die ganze Welt müsse protestieren. Unrecht. Links, rechts. Diskriminierung. Er sei Jude. Seine Mutter sei Jüdin. Sein Vater nicht, der heiße Verkuyl. Israel. Jugendbewegung. Martin Luther King. Farbige würden unterdrückt. Genau wie die Juden. Krieg, Hitler, die Deutschen. Wir, er und ich, hätten etwas gemeinsam. Mahalia Jackson, von ihr habe er alle Platten. Er heiße Kees Verkuyl. Ob wir morgen zusammen mit dem Zug zur Trauerfeier für Herrn van Santen fahren sollten.

»Ja«, sagte ich und vergaß meine Zurückhaltung. »Gerne.«

Ich kam zu spät nach Hause. Wo ich gewesen sei.

»Nirgends.«

»›Nirgends‹ dauert aber nicht fünfundzwanzig Minuten.«

»Herr van Santen, der Erdkundelehrer. Er ist gestern gestorben. Wir sollen alle zur Beerdigung.« Die Todesnachricht machte Eindruck. Einen kleinen Moment lang herrschte Stille.

»Als Schülerin musst du hingehen, ob du willst oder nicht. Das macht sich gut. Notfalls fährt Vater mit. Wie kommt ihr dorthin?«

»Die ganze Schule fährt«, antwortete ich wahrheitsgemäß. Und mir wurde die Freiheit gewährt, nach Driehuis zu fahren.

Am Abend vor der Trauerfeier kreisten meine Gedanken nur um Kees. Wie viel er in so kurzer Zeit gesagt hatte. Und was er alles wusste. Er hatte eine gewisse Ähnlichkeit mit dem Jungen auf dem Puch-Moped, der auf einem Werbefoto im Schülerkalender abgebildet war. Seine blonden Haare waren amerikanisch-kurz geschnitten. Er trug eine Jeans mit Schlag und ein Wollunterhemd als Oberteil. Er sah gut aus.

Ich sollte Kees Verkuyl zu Hause abholen. Das hatte er vorgeschlagen. Dann könne ich seine Schallplattensammlung sehen und seine Großmutter kennenlernen. Sie sei in einem Konzentrationslager gewesen. Da habe sie Rüben ernten müssen für die Moffen, diese dreckigen deutschen Faschisten. Meinen Eltern hatte ich gesagt, dass die Klasse sich an der Schule treffen würde.

Ich klingelte bei ihm. Zu früh. Vorher hatte ich noch vor dem Spiegel geübt, wie ich seine Großmutter begrüßen würde. Ich wollte eine Verbeugung machen und mich mit geschlossenen Beinen hinsetzen, wenn sie mir einen Stuhl anbot. Wenn sie mir einen Keks reichte, wollte ich höflich »nein, vielen Dank« sagen, um zu zeigen, dass ich nicht gierig war. Es würde mein erster Besuch bei einem Holländer zu Hause sein, und ich nahm mir vor, mich von meiner besten Seite zu zeigen.

Kees öffnete die Tür. Er kam mir auf der Treppe entgegen und sagte, ich müsse etwas lauter reden, seine Oma sei schwerhörig. Er ging ins Wohnzimmer vor. Auf einem kleinen runden Tisch stand ein großes Fernsehgerät unter einer durchsichtigen Plastikhülle. Das Zimmer war vollgestellt mit Biedermeiermöbeln. Ich kannte diesen Stil, denn zu Hause hatten wir diverse Prospekte von Einrichtungshäusern, die meine Mutter mit dem größten Vergnügen von vorne bis hinten durchblätterte.

Auf der Fensterbank standen Schwiegermutterzungen nebeneinander aufgereiht. Davor saß eine füllige ältere Dame, die elegant gekleidet und sorgfältig zurechtgemacht war. Rot bemalte Lippen, die Fingernägel in derselben Farbe lackiert. Schweigend sah sie mich an. Ich ging auf sie zu und streckte ihr die Hand entgegen, um sie zu begrüßen.

»Omi ...«, sagte Kees. Die Frau wandte ihr Gesicht brüsk ab und machte eine abwehrende Handbewegung, als wollte sie ein Unheil bannen. »*Nein, nicht schwarz. Bitte ...*«, stöhnte sie auf Deutsch.

»Omi«, rief Kees, »was soll das?«

»*Nicht in meinem Haus*«, erwiderte die Großmutter schroff. »*Raus, bitte. Bitte!*«

Ich taumelte rückwärts aus dem Zimmer, hinaus auf den Flur und zum Treppenabsatz. Ich hörte Kees laut rufen: »Ich bin stinksauer.« Er kam mir nach und ergriff meine Hand. »Lauf nicht weg. Die Beerdigung ist erst in zwei Stunden. Lass uns in mein Zimmer gehen.«

Mein Mund füllte sich mit Worten und Speichel. Für Luft war kein Platz mehr. Der Wortbrei blieb mir im Hals stecken. Ich riss mich los und lief die Treppe hinunter. »Warte!«, rief Kees und kam hinter mir her. »Sie meint es nicht so. Sie weiß es nicht besser. Wir wollten doch zusammen mit dem Zug fahren!«

»Bist du schon wieder da?«, fragte meine Mutter erstaunt. Ich rang nach Worten. »Kind«, sagte sie. »Was ist mit dir? Wenn dich der Tod eines Fremden so mitnimmt, wie wird es dann erst, wenn einer von uns stirbt? Schließlich kanntest du diesen Mann doch kaum. Er ist ein Fremder, dieser, wie hieß er doch gleich? Dieser Herr van Santen.«

Aus dem Niederländischen von Anna Carstens

Vorm Fenster
Elisabeth Augustin

▬

Der erste Tag

*Ich bin nicht erschrocken, war darauf vorbereitet. Habe immer mit
der Möglichkeit gerechnet, die Deutschen könnten die Grenze überschreiten und dieses kleine Land überfallen. Es war für mich und
auch für Georg selbstverständlich, nach allem, was wir in Deutschland gehört und mit angesehen hatten. Es war selbstverständlich
für uns nach dem Anschluss, nach dem Einmarsch deutscher Truppen in Böhmen und Mähren, nach dem deutschen Überfall auf
Dänemark und Norwegen. War darauf vorbereitet. Als ich soeben
das Dröhnen schwerer Flugzeuge und das Donnern der Luftabwehr
hörte, wusste ich gleich, was los war. Es war wie die Fortsetzung
eines Traumes, den ich vielleicht wirklich kurz vor dem Erwachen
gehabt hatte. Den Traum habe ich vergessen, die Wirklichkeit trat
an seine Stelle, ein kaum merkbarer Unterschied. Es ist noch dunkel, die Umrisse der Dächer hier oben und der Bäume unten in den
Gärtchen sind erst vage erkennbar, aber die Luft ist in Bewegung,
ein aufgeregtes Hin und Her von Vögeln, eine Unruhe, die sich auf
die Menschen überträgt. Ich kann die Menschen nicht sehen, höre
sie nur hinter halbgeöffneten Fenstern rufen und Meinungen aus-
tauschen. Bin ganz wach und fürchte mich ebenso wenig, wie man
sich in einem Traum fürchtet, wenn man nur Zeuge eines grausigen
Geschehens ist. Es ist so, als sei ich auch jetzt nur Zeugin. Gleichzeitig bin ich so erfüllt von dem, was ich höre, was ich durch den*

Lärm zu sehen glaube, dass ich nur flüchtig an Georg und an die Mädchen denke, die anscheinend noch schlafen und nichts wissen, zu dieser Stunde glücklicherweise noch nicht.

Stehe vor dem Fenster in meinem Schlafzimmer, das ich einen Spaltbreit geöffnet habe, empfinde keine Kälte, keine Furcht, denke nicht an das, was weiter geschehen wird, was uns bevorsteht, und doch ist es, als wüsste ich, was den Mädchen und Georg und mir und den Leuten da hinter ihren Fenstern, in unsrer Straße, in der ganzen Stadt, in allen Städten und Dörfern dieses Landes bevorsteht. Ich sehe graue Uniformen, schwarze Stiefel marschieren, einen endlosen Strom, sehe Fahnen flattern, höre eine Stimme mit kantigem österreichischem Akzent brüllen, und dann sehe ich wieder die Häuser hier in unserm Viertel, hier in unsrer Stadt vor mir, die meisten leicht gebaut, ohne Keller, ohne Doppelfenster, ohne Jalousien, mit einer schmalen und oft steilen Treppe und ohne einen Notausgang.

Das Haus, in dem ich von Kind an wohnte, war stark wie eine Festung. Die Mauern waren dick, unter unsrer Wohnung befanden sich Keller mit dicken Mauern, die Zimmer hatten Doppelfenster, versehen mit Jalousien. Im Winter, wenn die Kachelöfen brannten, herrschte eine Atmosphäre von Gemütlichkeit und Geborgenheit in den Zimmern, gleichviel ob es draußen schneite, der Wind in den Schornsteinen heulte, Regen oder Hagel Scheiben oder Jalousien striemten.

Auch unsre Wohnung in Dessau, wohin ich nach meiner Heirat mit Georg gezogen war, war wie für Jahrhunderte gebaut. Wohnte man erst einmal darin, konnte man sich kaum vorstellen, man werde je fortgehen. Dennoch gingen wir fort, als

Georg nicht mehr am Bauhaus unterrichten durfte. Wir zogen nach Reichenhain um, einem Dorf in der Nähe von Leipzig, wo wir ein hübsches Häuschen mit einem großen Gemüsegarten mieten konnten. Das Häuschen hatte Holzläden vor jedem Fenster, man fühlte sich abends wie in einem beschützten Raum. Sogar der niedrige Lattenzaun, der den Garten umringte, schien das Haus zu beschützen. Oft stand ich in Reichenhain vor dem Wohnzimmerfenster und sah den Bummelzug vorbeizuckeln. Im Sommer, wenn alle Fenster offen standen und der Ruß einem ins Gesicht wehte. Im Winter, wenn es geschneit hatte und Ruth und Hella sich draußen herumtummelten. Im Herbst, wenn die Leiter zwischen die Zweige der Obstbäume geschoben worden war, Äpfel und Birnen gepflückt und in Körbe gelegt wurden. Im Frühjahr, wenn die Nachbarn, die am Abhang des Hügels wohnten, das Schmelzwasser aus ihren Kellern pumpen mussten. Abends, wenn vor dem kleinen hölzernen Stationsgebäude nur eine Petroleumlaterne einen rötlichen Lichtschein verbreitete. Wie oft stand ich da vorm Fenster und sah und hörte den Spielzeugzug schnaubend und bimmelnd aus großer Entfernung näher kommen, sah ihn sich immer denselben gekrümmten Weg zwischen den Äckern und Wiesen hindurchbahnen bis zu der Stationsbaracke unserm Haus gegenüber, jenseits des Grabens.

Ich stand auch an dem Morgen vor dem Fenster, an dem ich draußen auf dem bepflasterten Pfad, der von unsrer Haustür zur Gattertür führte, etwas Weißes sah, das dort nicht vorhanden gewesen war. Man hatte in der Nacht einen Totenkopf und ein Hakenkreuz auf die Pflastersteine gemalt, nachdem wir am vorigen Abend in der Herberge einem Vortrag über

Russland beigewohnt hatten, zu dem der Schullehrer eingeladen hatte. Er war kein Kommunist, wollte nichts mit Politik zu schaffen haben, interessierte sich nur für fremde Länder und erzählte, was er auf seiner Reise gesehen hatte, viele gute und noch mehr weniger gute Dinge. Im Saal saßen außer dem Bürgermeister und dem Pfarrer Bauern, meist Eltern von Schulkindern, und Arbeiter aus der Steingrube, von denen viele allerdings Kommunisten waren. Sie hörten schweigend zu, ein einziges Mal rief einer etwas, eine höhnische Frage, oder ein anderer begann zu pfeifen. Als der Lehrer seinen Vortrag beendete, flog ein Stein durch eins der Fenster herein, und als er in Gesellschaft des Pfarrers mit uns noch nachplaudernd nach Hause ging, schrien ein paar Stimmen ihm aus dem Dunkel *Bolschewist* nach.

Es geschah noch mehr in unserm bis dahin friedlichen Dorf. Der Turnverein hielt seinen wöchentlichen Übungsabend in der Herberge unten im Tanzsaal ab, während an demselben Abend der Gesangverein im ersten Stock die Gedächtnisfeier des Sieges von Sedan abhielt. Nach den ersten Runden Bier sprangen die Sänger auf Stühle und Tische, grölten vaterländische Lieder und stampften den Rhythmus dazu, dass es unten im Tanzsaal schien, als werde die Decke herunterfallen. Als der Wirt mit zwei Turnern hinaufging und bat, es nicht zu bunt zu treiben, entstand eine gewaltige Schlägerei. Auch an den hierauf folgenden Tagen wurden noch Mitglieder des Turnvereins überfallen und misshandelt. Ich stand vorm Fenster, als ein Mann in den Teich gestoßen wurde. Ich sah es und sah auch immer noch den Totenkopf und das Hakenkreuz auf den Pflastersteinen, obgleich wir diese drohenden Symbole

längst weggewaschen hatten. Der Schichtmeister der Steingrube, Merkel, der manchmal abends mit seinem Akkordeon
zu uns kam und uns etwas vorspielte, war der Meinung, es sei
besser, wenn wir in eine Großstadt zögen, in der niemand uns
kannte, denn hier im Dorf waren wir in Gefahr. Wir glaubten
es nicht oder wollten es nicht glauben, wir sagten, man habe uns nie belästigt, Georg sei ein Künstler, der sich nicht um
Politik kümmere, und viele aus dem Dorf kämen zu uns, um
sich seine Bilder anzusehen.

Aber als der Schneidermeister Feldmann, der Kassenführer
des Ortsvereins der SPD, ermordet und andre Dörfler bedroht
wurden, kam es doch so weit, dass wir nach Berlin zogen, wo
wir in einem Vorort, eine Stunde Bahnfahrt vom Zentrum entfernt, eine geeignete Wohnung gefunden hatten. Eine Wohnung ohne Garten, aber mit einem Balkon und der Aussicht
auf einen Platz. Mitten im Winter zogen wir in Siedlershof ein.

___

Der zweite Tag

Wachte etwas später auf als gestern, aber wieder durch das Dröh-
nen von Bombern. Es kommt einem schon vertraut vor. Nur als
vorhin zum ersten Mal die Sirenen aufheulten, fühlte ich so etwas
wie ein verzögertes Erschrecken, das mich aus dem Bett jagte.
Hinterher musste ich darüber lächeln, dass die Warnung vor der
Gefahr mich mehr erschreckt hatte als die Gefahr selbst. Als ich
vor dem Fenster stand, dessen Scheiben ich mit Papierstreifen über-
klebt hatte, musste ich noch einmal lächeln über die Zwecklosigkeit
des Luftalarms. Die Leute auf der Straße können in Haustore und
Luftschutzkeller flüchten, wo sie sich einigermaßen sicher fühlen

können, aber wer sich in seiner Wohnung befindet, wie Georg, die Mädchen und ich, kann nichts zum Schutz für sich und die Seinen tun. Die Fensterscheiben werden von Papierstreifen beschützt, die Menschen müssen einfach abwarten, was mit ihnen geschieht.

Gestern kaufte ich noch ein paar Lebensmittel und Kerzen. Als in dem Laden auf die Deutschen geschimpft wurde, kam zu meinem Erstaunen kein Schuldgefühl, kein Bewusstsein einer Demütigung in mir auf. Ich merkte in den letzten Jahren kaum, dass sich eine Veränderung vollzog, dass ich mich nicht mehr mit meinen ehemaligen Landsleuten identifizierte, dass ich sie nun von außen her, mit den Augen einer Ausländerin sehe. Für Georg war das alles leichter, weil er von Kind an viel im Ausland lebte und mit seinem Vaterland nie so stark verbunden gewesen ist wie ich. Er stand ihm auch immer viel kritischer gegenüber. Dadurch kannte er nie dieses Gefühl der Zerrissenheit, das mich lange gequält hat, weil ich lernen musste, Dinge zu verurteilen und zu verabscheuen, die ich früher bewundert und geliebt hatte.

Als ich gestern früh von den Flugzeugen geweckt wurde und zum Fenster hinausblickte, saß Georg schon eine Weile vor dem Radioapparat im Wohnzimmer und hörte sich voller Empörung die Nachrichten an. Ich weiß nicht, ob unsre Verschiedenheit nur eine Verschiedenheit unsrer Naturen ist – seine jähzornige Art und meine Gelassenheit –, vielleicht ist sie auch die Folge der Tatsache, dass er schon so viel eher als ich Deutschland von außen her gesehen hat und gewisse gefährliche Eigenschaften, die ich noch jahrelang arglos bewunderte, hassen lernte.

Er hört sich auch jetzt wieder die Berichte an, während ich am Fenster stehe. Natürlich werden Georg und die Mädchen mir nachher von den neuen Nachrichten und Gerüchten erzählen. Ich

brauche sie nicht im Radio zu hören, ich sehe lieber mit eignen Au-
gen, was sich ereignet, wenn auch vom Fenster aus nicht viel zu
sehen ist. Nachbarn, die genau wie ich hinter geschlossenen Fens-
tern stehen und hinausstarren.

Auch als meine Großmutter gestorben war, in Berlin, stand ich
vorm Fenster, im Wohnzimmer der Großeltern. Auf der Straße sah man Hakenkreuzfahnen und auf den Gehsteigen ziemlich viele braune Uniformen. Wir waren gerade vom Begräbnis
zurückgekehrt, die andern saßen schon um den Tisch herum:
meine Eltern, meine Onkel und Tanten, meine beiden Kusi-
nen, mein Vetter, ein junger Mann, den meine Kusine Jenny
mitgebracht hatte und der (wie sich auf dem Friedhof zeigte) der Einzige war, der Kaddisch sagen konnte. Ferner Georg
und natürlich mein Großvater. Tante Meta hatte Kartoffel-
puffer gebacken, weil das schnell ging, und wir versuchten
zu essen. Auch ich versuchte es. Großvater schob als Einziger
seinen Teller von sich und drückte sein Taschentuch an den
Mund, wobei seine Schultern zuckten. Wir fanden es schrecklich, denn keiner von uns hatte ihn je weinen sehen oder sich
vorstellen können, er werde es je tun. Er stand auf und stellte
sich ans Fenster.

Niemand wagte, etwas zu sagen oder zu ihm zu gehen. Es
blieb eine Weile still im Zimmer. Wir hörten, einer nach dem
andern, auf zu essen und begannen mit gedämpfter Stimme
zu reden. Onkel Max erzählte, ihm sei von der Zigarettenfirma,
für die er schon zwanzig Jahre lang reiste, gekündigt worden,
und Onkel Willy sagte, er habe das in Kürze auch zu erwarten,
sein Chef habe ihn schon darauf vorbereitet und versprochen,

ihm auf jeden Fall noch einen Monat Gehalt und Spesen aus-
zuzahlen.

Das Gespräch wurde lebhafter, niemand dachte noch an
Großvater, der manches besser nicht hätte hören sollen und
es vielleicht doch hörte.

Das Stimmengewirr verstummte sofort, als die Türklingel
schrill läutete. Keiner von uns war imstande, sich zu bewegen
und aufzustehen. Kurz darauf wurde noch einmal geklingelt
und noch einmal, und dann klopfte jemand mit einem Ring
an die Wohnungstür, und da wussten wir, dass es kein Fremder war. Tante Grete ging hinaus, um zu öffnen. Wir hörten,
dass sie etwas fragte, und danach hörten wir die Sicherheitsket-
te klirren, und wir sahen Tante Grete wieder hereinkommen,
gefolgt von ihrer Schwester Melanie. Melanie trug wie immer
nachmittags ein graues Kostüm und darüber einen Silberfuchs.
Ihr aschblondes Haar, in einem geflochtenen Kranz um den
Kopf gelegt, saß wie immer untadelig, und wie immer duftete
sie nach Maiglöckchen. Sie hielt ihre Lorgnette vor die Augen,
um uns genauer betrachten zu können. Alles war wie immer,
nur ihr Gesicht, ihr runzelloses Henny-Porten-Gesicht war
verändert. Sie lachte sonst oft und girrend, aber nun war keine
Spur eines Lächelns zu bemerken. Auf ihren Backenknochen
zeichneten sich zwei rote Flecke ab. Wir schwiegen, und Tante
Grete sah niedergeschlagen aus, als fühle sie sich schuldig. *Setz
dich,* sagte sie, und Tante Melanie setzte sich auf den Rand eines Stuhles. Es war merkwürdig, denn obgleich sie zwischen
uns saß, auf Großvaters Stuhl, war es, als gehöre sie nicht dazu.
Sie sagte dasselbe, was der Freund meiner Kusine Jenny, der
Kaddisch gesagt hatte – meine Onkel hatten nur etwas gemur-

melt – auch schon bemerkt hatte: dass es für Großmutter das Beste sei, dass sie nicht mehr lebe und dass ihr nun viel erspart bliebe. Es waren dieselben Worte, und doch klangen sie nun, aus Tante Melanies Mund, als hätte sie sagen wollen, es sei für uns alle das Beste, unserm Leben ein Ende zu bereiten. Sie sagte es nicht, aber wir hörten aus dem Klang ihrer Stimme, dass sie dergleichen meinte. Es ging etwas Feindseliges von ihr aus, ihre Stimme klang vorwurfsvoll, ihr Gesicht hatte einen Ausdruck, als wollte sie sagen: Ich habe euch gewarnt, ich wasche meine Hände in Unschuld.

Kurz darauf warnte sie uns dann auch wirklich. Sie sagte, der Führer halte sein Wort, was er einmal versprochen habe, das werde er auch tun, bei ihm sei ein Wort ein Wort, ein Versprechen ein Versprechen.

Sie schlug die Augen nicht nieder, sie sah uns alle herausfordernd an, einen nach dem andern, ihre Augen funkelten vor Begeisterung, und ich dachte daran, wie sehr ich sie früher bewundert und beneidet hatte. Sie war mir unglaublich schön erschienen. Sie war genau so gewesen, wie ich später hätte sein wollen. Wie reich hatte ich mich früher gefühlt, wenn sie mir seidne oder samtene Stoffreste geschenkt hatte, von denen ich Puppenkleider machen konnte, wenn sie mir leere Parfümfläschchen gegeben hatte, die noch nach Maiglöckchen dufteten. Ich starrte Tante Melanie an und verstand nicht mehr, dass ich sie so bewundert hatte. Ihr strahlendes Lachen war verschwunden, ihre Züge hatten etwas Scharfes bekommen, sogar ihre Stimme klang nun anders. *Ich liebe den Führer,* sagte sie mit ihrer neuen grellen Stimme, *ich bewundere ihn, ihr seht, dass ich aufrichtig bin, ich mache kein Geheimnis daraus, ich zeuge auf der Straße für ihn wie andre für Gott zeugen.* Ihre Augen blitzten, sie sah uns herausfordernd an. Ich starrte sie an, wir alle starrten sie an, und es war mir unbegreiflich, dass ein Mensch in so kurzer Zeit sich so verwandeln konnte, innerlich und äußerlich. Ich hörte wie aus weiter Ferne Onkel Max' Stimme, der noch einmal sagte, dass er entlassen sei und dass sein Bruder jeden Tag seine Entlassung zu erwarten habe, und gleich darauf, scharf, aggressiv, Tante Melanie: *Das ist traurig für euch und eure Familie, aber daran ist nichts zu ändern, ein paar Menschen müssen leiden, damit nicht ein ganzes Volk untergeht, ein Volk von Millionen, das der Führer glücklich sehen will. Ihr könnt ja das Land verlassen, es ist schwer für euch, aber besser ihr geht rechtzeitig fort, bevor …*

Da blickten wir auf einmal alle zum Fenster. Großvater stand noch dort, er hatte sich umgedreht, so dass wir sein gelbliches knochiges Gesicht sahen. Er streckte den Arm aus und sagte nur ein Wort. Er sagte es ziemlich leise und doch hörten wir es alle; auch Tante Melanie hatte es gehört, während sie noch sprach. Die Flecke auf ihren Backenknochen wurden dunkler, und ihre Hand zitterte so stark, dass sie die Lorgnette fallenlassen musste. Sie stand auf und lief mit kleinen zornigen Schritten zur Tür. Dort blieb sie stehen und sah uns mit einem von Hass verzerrten Gesicht an. *Wirf mich nur hinaus,* kreischte sie, *wirf mich nur hinaus, heute kannst du das noch tun, es ist deine Wohnung, aber es wird nicht mehr lange dauern, dann wirst du sie verlassen müssen, und dann werde ich dich nicht bedauern, dich nicht und keinen von euch, denn der Führer hat Recht, ihr könnt das nicht verstehn, ihr hasst ihn, wollt seine Pläne durchkreuzen, aber er ist mächtiger als ihr, er wird euch verfolgen, wohin ihr auch flüchten, wo ihr euch auch verbergen werdet.*

Die Außentür wurde zugeschlagen. Es war, als dringe der Luftstrom bis ins Zimmer, wir fühlten es alle. Großvater kam langsam an den Tisch, kein gebrochener Mann, er war wie immer ein kleiner zäher und stolzer Zigeuner. *Gehn wir schlafen,* sagte er, *morgen sieht die Welt vielleicht wieder anders aus.* Er sagte es so ruhig, wie wir ihn kaum je etwas hatten sagen hören. Wir standen auf, gehorsame Kinder. Wir wünschten ihm gute Nacht und ließen ihn allein. Als Georg als Letzter hinter mir das Zimmer verlassen hatte, hörte ich, dass drinnen das Fenster aufgerissen wurde.

Morgen sieht die Welt vielleicht wieder anders aus. Morgen, das war der 1. April 1933, der Tag, an dem Lastwagen mit Braunhemden durch die Straßen fuhren, auf denen durch Lautsprecher gebrüllt wurde *Juda verrecke.* Es war der Tag, an dem Jung und Alt tanzend und johlend durch die Straßen zogen. Es war der Tag, an dem vor jüdischen Geschäften Posten standen, die die Leute, die hineingehen wollten, zurückhielten, Posten, die diejenigen fotografierten, die es wagten, vor den Schaufenstern stehenzubleiben. Es war der Tag, an dem jüdische Männer, Frauen und Kinder geschlagen, getreten und mitgeschleift wurden von bewaffneten SA-Leuten. Es war der Tag, an dem Ausländer eiligst die Stadt verließen und Juden und Marxisten und alle, denen der Schreck in die Glieder gefahren war, versuchten aus dem Land fortzukommen. Georg erzählte es mir, als er abends nach Siedlershof kam. Er sah todmüde und niedergeschlagen aus.

Der dritte Tag

Pfingsten war zugleich Muttertag. Die Zeitungen hatten gestern daran erinnert. Ruth und Hella hatten von den Nachbarn im Parterre ein paar Krokusse für mich erbettelt und durften sie selber im Garten abschneiden. Es ist unruhig heute, immer wieder Luftalarm. Wir haben uns schon daran gewöhnt, setzen uns aber vorsichtshalber jedes Mal mit unserm Fluchtköfferchen im ersten Stock auf die Treppenstufen, um schneller flüchten zu können, wenn Bomben fallen sollten. In unsrer Gegend wurde geschossen, man munkelt von Unruhen im Zentrum. Die Zeitungen geben sich optimistisch, aber ich kann mir nicht vorstellen, dass Holland noch lange standhalten kann. Hab mich mit Georg und mit Duynman, der gestern vorbeikam, darüber gestritten. Sie schienen fest überzeugt zu sein, dass die Deutschen bald wieder abziehen würden. Vermutlich stimmt Georg unserm Hauswirt nur zu, um die Mädchen und mich nicht zu ängstigen, denn Georg hat sich in politischer Hinsicht fast nie geirrt, und er weiß genauso gut wie ich, dass der Krieg für Holland schon so gut wie verloren ist. Duynmans großer Trumpf war die Inundation, als ob die Deutschen nicht auch auf dieses Abwehrmittel gerechnet hätten.

Stehe wieder vorm Fenster und blicke hinaus. Die Straße macht einen ganz andern Eindruck durch die kreuzweise über die Fensterscheiben geklebten Papierstreifen und die weiß gestrichenen Trottoirränder. Ruth und Hella stehen neben mir und halten meine Hände.

So standen wir oft zusammen in Siedlershof vor dem Fenster, wo immer öfter Männer vorbeimarschierten. Ihr Singen klang anders als früher, wenn Soldaten die altbekannten Marschlieder sangen. Jetzt klang jedes Lied wie eine Drohung. Vor immer mehr Fenstern und Balkons flatterte eine Fahne, aus offen stehenden Fenstern und Türen schallte die Stimme des Führers. *Deutsche Volksgenossen und -genossinnen!* Eines Morgens lag ein Zettel in unserm Briefkasten: *Warum hissen Sie keine Fahne an unsern Siegestagen?!* Eine Woche danach oder etwas später fiel mir auf, dass unser Dienstmädchen abends nicht mehr unsre Zeitung durchblätterte. Als ich sie nach dem Grund fragte, verzog sie das Gesicht und sagte, sie wolle das Judenblatt nicht mehr lesen. An demselben Tag sahen wir sie auf der Straße Arm in Arm mit einem SA-Mann. Ihrem Bruder, ihrem Liebhaber? Ich fing an, mich in Siedlershof genauso unbehaglich zu fühlen wie in der letzten Reichenhainer Zeit.

Oh, es gab damals in Berlin auch Gegner des Nationalsozialismus, Optimisten wie jetzt hier in Amsterdam. Mein Vater war einer und der Mann, der mit einem Bücherkarren in einer Nebenstraße der Friedrichstraße stand und uns ein antifaschistisches Buch empfahl, das durch ein Hakenkreuz auf dem Schutzumschlag und ein Foto Görings auf der Innenseite getarnt war. Wir hatten Exemplare dieses Buches in Schaufenstern gesehen, ohne zu wissen, um was für ein Buch es sich in Wirklichkeit handelte. Georg fragte den Buchverkäufer, ob er nicht fürchte, verraten und verhaftet zu werden. Der Mann betrachtete uns grinsend und sagte: *Verraten von Ihnen - sicher!,* und er fügte hinzu, er brauche sich auch »Vor diesen Banditen« nicht zu fürchten, denn die läsen keine Bücher. Er irrte sich, denn wenn sie vielleicht auch wenig oder nur eine bestimmte Sorte Literatur lasen, so kontrollierten sie doch Bücher oder ließen sie kontrollieren. Auch das Buch mit dem Hakenkreuz und dem Foto Görings verschwand bald aus den Schaufenstern, und den Karren unsres Buchverkäufers konnten wir nirgends mehr entdecken.

Niemand konnte sicher sein, nicht beobachtet und verraten zu werden. An einem schönen Frühlingstag knatterten Motorräder durch unsere Straße, denen ein Auto mit uniformierten Männern folgte. Sie hielten zwei Häuser von unserm entfernt, klingelten, warteten ein paar Minuten, klingelten noch einmal. Als nicht geöffnet wurde, schlugen sie mit ihren Gewehrkolben gegen die Tür, trampelten sie schließlich ein. Kurz darauf sahen wir zwei Männer aus dem Haus stolpern, der eine in Hemdsärmeln, der andre in einer Jacke mit einem herausgerissenen Ärmel und mit blutüberströmtem Gesicht, vorwärts getrieben von den bewaffneten Braunhemden. Kurz bevor die beiden Verhafteten das Auto, das vor dem Haus wartete, erreicht hatten, bückte sich der Jüngere. Von unserm Balkon aus konnten wir nicht deutlich erkennen, ob er nur seine Schnürsenkel zubinden wollte oder versuchte zu fliehen. Es ging zu schnell. Kaum hatte er sich gebückt, ertönten Schüsse, zwei-, dreimal, und schon lagen beide Männer auf dem Trottoir. Die Braunhemden versetzten ihnen noch Fußtritte, dann fuhren sie davon. Nachdem wir wieder ins Zimmer gegangen waren, sagte ich zu Georg, ich wolle fort aus diesem Land. *Ich halte es nicht aus, dauernd in Angst zu leben, mich immer wieder bespitzelt zu fühlen, die schrecklichsten Dinge mit ansehn zu müssen, ohne etwas dagegen tun zu können. Wir wollen nach Holland gehn, nach Amsterdam, du hast dich dort immer zu Hause gefühlt, hast dort an der Akademie studiert, hast Freunde dort, wirst dort Arbeit finden. Vielleicht werden wir's schwer haben am Anfang, aber hier haben* wir's jetzt auch schwer. *Hauptsache ist, man ist irgendwo, wo man frei atmen kann, wo man in seiner eignen Wohnung nicht zu flüstern braucht, wo man nicht gezwungen wird, eine Fahne zu hissen, wo man die Zeitung lesen darf, die man lesen möchte, wo die Zeitungen schreiben dürfen, was sie wollen, wo man nicht jedes Mal, wenn geklingelt wird, Angst zu haben braucht vor Haussuchung, Verhaftung, Misshandlung und wo deine Arbeiten nicht lächerlich gemacht, verboten und vernichtet werden. Und an die Zukunft der Mädchen müssen wir schließlich auch denken,* fügte ich hinzu. Georg sagte: *Ich habe schon lange daran gedacht.* Und als ich darauf drängte, versprach er, alles daran zu setzen, schnell eine neue Bleibe für uns zu finden. Er wollte erst allein nach Amsterdam fahren, um unsre Übersiedlung vorzubereiten.

▬

Der vierte Tag

Die Deutschen haben die Maas und die Ijssel überschritten, der Prinz und die Prinzessinnen sind nach England abgereist. Gibt es wirklich noch Holländer, die an den Sieg ihres Landes glauben? In den Extraausgaben der Zeitung wird behauptet, die Lage für den Feind werde in Rotterdam brenzlig, die Bemannung eines feindlichen Panzerzuges sei getötet worden, Waalhaven werde von den Engländern bombardiert. Ich lasse mich dadurch nicht beirren, ich weiß, zu welchen Leistungen deutsche Soldaten fähig sind, weiß, dass der Mann, der jetzt Befehl führt über das deutsche Heer, nicht ruhen wird, bevor all seine Pläne verwirklicht sein werden. Hier wissen sie es noch nicht, glauben es nicht, hören nicht hin, wenn er seine Reden hält, lesen sein im Gefängnis geschriebenes Buch nicht. Ich wollte mir sein Gebrüll auch nicht anhören, aber in

Deutschland war es schwer, sich ihm zu entziehen, und sein Buch drückte Georg mir in die Hand. Du musst es lesen, wenn du wissen willst, was uns bevorsteht, *sagte er.*

Ich wusste, was uns bevorstand, damals schon, in Siedlershof. Darum wollte ich ja so schnell wie möglich fort, darum fühlte ich mich so erleichtert, als Georg endlich schrieb, er habe eine geeignete kleine Wohnung gefunden, und durch Vermittlung eines Kollegen könne er an der Kunstgewerbeschule in Amsterdam Unterricht erteilen.

Sehe mich noch in dem kleinen Polizeibüro von Siedlershof sitzen. Ich wartete da auf den Polizeileutnant, der anscheinend irgendwo aufgehalten worden war. Ich saß scheinbar ruhig da, in selbstbewusster Haltung, war aber durchaus nicht so sicher, mein Visum zu erhalten. Mein Pass war in Ordnung, bis jetzt hatte alles geklappt, aber wenn der Leutnant nicht bereit war, mir ein Visum zu geben, was dann? Was, wenn Georg nach Deutschland zurückkehren musste, wir gezwungen waren, in Siedlershof zu bleiben, er, die Mädchen und ich? Ich atmete auf, als der Leutnant kam, ein gut aussehender junger Offizier in gut sitzender Uniform. Er grüßte lachend, während er seine weißen Handschuhe auszog, blätterte in meinem Pass, verglich das Passfoto mit meinem Gesicht, behauptete, ich sähe in Wirklichkeit jünger aus. Mir fiel ein Stein vom Herzen. Dieser galante junge Mann würde sich nicht nach meinen Vorfahren erkundigen. Er erkundigte sich denn auch nicht danach, wollte aber andre Dinge wissen, den Grund für meine Reise zum Beispiel. Den Grund? Ich behauptete, ich müsse beruflich in Holland sein, unterhandeln mit den Auftraggebern meines

Mannes. Mein Mann sei zwar schon selbst hingefahren, aber er sei unglaublich ungeschickt, ein Künstler, geschäftliche Dinge müsse *ich* immer für ihn regeln. Die Kinder nahm ich mit, weil sie doch nicht allein zu Hause bleiben konnten. Nein, ich war noch nie in Holland gewesen. Wie lange wir bleiben würden, wusste ich nicht genau, aber jedenfalls nicht länger als drei Wochen, sonst würde unser Aufenthalt dort zu kostspielig werden. *Wir werden mit den Auftraggebern reden und mit ein paar Kunsthändlern in Amsterdam, vielleicht lassen sie sich dazu bewegen, Gemälde meines Mannes auszustellen. Er hat früher schon mal in Rotterdam und im Haag ausgestellt.* Endlich setzt sich der Leutnant an seinen Schreibtisch. Ein Stempel. Das Visum! Aber er gibt mir den Pass noch nicht zurück. Er dreht seinen Stuhl zu mir herum, sein frisches knabenhaftes Gesicht ist ernst geworden. *Sie beabsichtigen nicht, auch Belgien aufzusuchen? Man kann nie wissen. Sollten Sie einen Abstecher nach Belgien machen und sich mit Belgiern unterhalten, dann werden Sie wahrscheinlich Gräuelmärchen über das deutsche Heer zu hören bekommen. Lassen Sie sich nichts weismachen, ich habe das Ende des Krieges von Neunzehnhundertvierzehn-achtzehn in Belgien mitgemacht, ich sah mit eignen Augen, wie belgische Frauen hilflosen verwundeten deutschen Soldaten die Augen ausstachen, sie abscheulich verstümmelten. Lassen Sie sich dort keinen Bären aufbinden, erzählen Sie den Leuten, was ich dort gesehen habe, erzählen Sie es auch den Holländern, das sind Sie als Deutsche Ihrem Vaterland schuldig.*

Ich saß da, starrte auf den Pass, den er in der Hand hielt, blickte ihm mit einem erstarrten Lächeln ins Gesicht und nickte, ja, ja, ich würde mir nichts weismachen lassen, würde den Leuten in Belgien und Holland erzählen, was ein deutscher Polizeibeamter (wie alt musste er dann wohl sein? Doch sicher schon fünf- oder sechsunddreißig, während er aussah wie fünfundzwanzig) mit seinen schönen blauen Augen im Krieg in Belgien gesehen hatte.

Er gab mir meinen Pass zurück. Er war aufgestanden, stand stramm. *Gute Reise und Erfolg*, wünschte er mir. *Danke*, sagte ich, *vielen Dank*.

——

Der fünfte Tag

Draußen ist alles in feinen Nebel gehüllt, bis sechs, halb sieben war es still, ich wurde nicht aus dem Schlaf gerissen. Erst jetzt hört man wieder das Dröhnen und die Sirenen. Die Mädchen sind aufgewacht, ich höre sie schwatzen und lachen, wirklich auch lachen! Georg ist schon aufgestanden, sitzt wie immer vor dem Radio und hört sich die Berichte an.

Jetzt hat sich der Nebel verzogen, es ist ein prächtiger Tag geworden, ein Tag, an dem man an der Amstel entlang oder im Vondelpark spazieren möchte. Die Mädchen wollen auf der Straße spielen, aber wir lassen sie nicht aus dem Haus. Man spricht von schweren Bombenangriffen. Unsre Stadt ist verschont geblieben. Wie lange noch? Es wurde ein Waffenstillstand geschlossen. Aber was steht uns noch bevor? Frieden? Unmöglich. Deutschland bleibt nicht stehn, wo es steht, das Heer muss weitermarschieren. Die belgischen Truppen ziehen sich kämpfend zurück. Der Norden Rotterdams ist in unsern Händen. Was will das besagen: in unsern Händen. Wie lange noch? In wessen Händen wird er nach dem Ende des Waffenstillstands sein? Georg und ich, wir haben zu viel mitgemacht, zu viel gesehen, wir werden nie wieder an eine Zeit des Friedens, der Billigkeit, der Gerechtigkeit und Aufrichtigkeit glauben können.

Damals in Siedlershof, während der Vorbereitungen für unsre Abreise, hoffte ich noch auf eine bessere Zeit, glaubte, wir würden, wenn wir erst einmal die Grenze hinter uns hätten, in Sicherheit sein. Äußerte das auch Georgs Schwager Stefan gegenüber, der zwei Abende vor meiner Abreise zu uns kam. Er starrte mich mit offenem Mund an, als ich ihm sagte, wir wären im Begriff, nach Holland zu emigrieren, Georg sei schon dort. Stefan wusste nichts davon, er war zufällig vorbeigekommen. *Georg hat in Amsterdam schon eine Wohnung für uns gemietet,* sagte ich, *es ist logisch, dass wir dorthin ziehen, er war ja früher dort auf der Kunstakademie, seine Arbeiten wurden ein paar Mal in Holland ausgestellt, er hat Freunde und Bekannte dort und kann nun an der Kunstgewerbeschule Unterricht geben.* Stefan starrte mich noch immer an. *Nach Holland und für immer?* Ich zuckte die Achseln. Für immer, wer könnte das sagen. Vielleicht war es nur für kurze Zeit. Bis in Deutschland wieder andre Menschen das Ruder in Händen hätten, *Menschen.*

Und eure Wohnung hier, eure Möbel?, fragte Stefan entgeistert. Ich lachte. *Wenn du willst, kannst du mit deiner Frau hier einziehn,* sagte ich, *wir lassen alles zurück außer Georgs Gemälden und Zeichnungen natürlich und unsern Büchern und Kleidungsstücken. Wir wollen vermeiden, dass jemand merkt, dass wir auf- und davon gehn, man kann nie wissen, sie zwingen uns sonst vielleicht noch, hierzubleiben, die Mädchen und mich.*

Stefan schüttelte den Kopf und saß eine ganze Weile in Gedanken versunken da. Es rührte mich, dass er es sich so zu Herzen nahm, dass er sich anscheinend so viel aus uns machte, obgleich ich ja wusste, wie herzlich und anhänglich Ukrainer sein können. *Ich verstehe es recht gut,* sagte Stefan schließlich, *ich verstehe recht gut, dass ihr fortwollt. Sie sind grausam, sie verfolgen alle, die nicht mit ihnen mitmachen. Sie verfolgen ihre Feinde, die Kommunisten und ... die Juden,* fügte er nach kurzem Zögern hinzu. Als ich schwieg, fragte er, immer noch zögernd: *Georg und du, ihr seid keine Kommunisten, nicht wahr? Nein Stefan, keine Kommunisten,* sagte ich, wobei ich das letzte Wort betonte. Wir sahen einander an, dann ergriff Stefan plötzlich meine Hand, und ich sah, dass seine hellblauen Augen feucht geworden waren. *Ich wusste es nicht von dir,* sagte er, *ich mag dich, ihr tut gut daran, wegzugehn.*

Wir unterhielten uns noch eine Weile, er erzählte, er habe vor ein paar Tagen eine Ohrfeige von einem dieser Braunhemden bekommen. Er war einer Marschkolonne begegnet und hatte die Fahne nicht gegrüßt. *Und ich brauchte ihre Fahne nicht zu grüßen,* schrie er, *ich trug mein Abzeichen auf meinem Revers, sie konnten sehn, dass ich kein Deutscher bin, aber sie wollten es nicht sehn, sie schlugen mir ins Gesicht, und ich konnte nicht zurückschlagen, sie hätten mich sonst abgeschlachtet.*

Ich begriff, wie tief die Ohrfeige ihn beleidigt haben musste, denn er war Offizier gewesen, und ein ukrainischer Offizier ist in puncto Ehre bestimmt nicht weniger verletzbar als ein deutscher.

Es ist vorbei, der Krieg zwischen Holland und Deutschland ist vorbei. Ich weinte, als ich es hörte. Saß mit Georg und den Mädchen vorm Radio und hörte die Rede des Oberbefehlshabers: Wir waren gezwungen, die Waffen zu strecken, weil uns nichts andres übrigblieb.

Das Unvermeidliche ist also geschehen, die Deutschen marschieren in unsre Stadt ein. Hinter den Vorhängen verborgen beobachteten Ruth und Hella die ersten deutschen Soldaten. Für mich bedeutet ihr Einzug das Ende dieser lächerlichen Illusion der Sicherheit, mit der wir uns fast sieben Jahre lang blauen Dunst vorgemacht hatten. Sie haben uns eingeholt, unsre Flucht war umsonst gewesen. Oder war sie das doch nicht? War es nicht doch besser gewesen, fortzugehn, gezeigt zu haben, dass wir uns von dem distanzieren, was sich innerhalb der deutschen Grenzen abspielt?

Nochmals flüchten, von hier aus, wäre auf jeden Fall sinnlos. Wir können nichts andres tun als abwarten, genauso wie die andern Einwohner dieses Landes und wie alle andern Emigranten.

Am letzten Tag vor meiner Abreise war meine Mutter nach Siedlershof gekommen, um sich um die Mädchen zu kümmern und Abschied zu nehmen. Ich war den ganzen Nachmittag in der Stadt gewesen, um noch Bücher zu verkaufen, die wir nicht mitnehmen wollten, und um mich von ein paar Freunden zu verabschieden. Als ich abends nach Hause zurückkehrte, war ich zu abgespannt, um noch etwas essen zu können. Legte mich aufs Bett, konnte aber nicht einschlafen. Der Vorortzug, mit dem ich aus Berlin zurückgekommen war, fuhr immer noch mit mir weiter. Mir wurde schwindlig, mein Herz krampfte sich zusammen, ich konnte gerade noch meine Mutter rufen, bevor ich, zum ersten Mal in meinem Leben, bewusstlos wurde. Als ich wieder zu mir kam, saß der Arzt, der an der Ecke unsrer Straße wohnte, neben meinem Bett, die Injektionsspritze lag auf dem Nachttisch. Während er meinen Puls fühlte, glitt sein Blick über die Kisten mit Bildern und Büchern, die im Zimmer standen, bereits zugeschraubt und fertig zum Versand. Schließlich blieb sein Blick nachdenklich auf meinem Gesicht ruhen. *Wir ziehen um,* sagte ich. Er nickte lächelnd. Er sah die halbleeren Bücherregale, er entzifferte auf den Kisten die Worte *Amsterdam, Holland.* Er nickte wieder. *Ich möchte die Kinder gern noch mal sehen,* sagte er. Er musste Hella und Ruth auf der Straße beim Spielen beobachtet haben, auf dem Platz. Sie schliefen in ihren Kinderbetten, mit den Köpfchen auf ihren roten Zwilchkissen, denn die Bezüge hatte ich schon von den Kopfkissen und den Federbetten abgezogen. Er beugte sich über die Köpfchen, strich behutsam über die blonden Locken und verließ das Zimmer auf Fußspitzen. Im Korridor sagte er, *möge es Ihnen im Land von Milch und Honig gutgehen,* und gleich danach, noch bevor ich die Wohnungstür für ihn geöffnet hatte, streckte er den Arm zum Hitlergruß aus und sagte mit einem deutlichen t am Ende des ersten Wortes: *Heilt Hitler!*

Am übernächsten Morgen erschien Stefan pünktlich, um meinen Koffer zu holen, wie wir es verabredet hatten. Er nahm auch, trotz meines Protests, die neun Päckchen mit Spielzeug der Mädchen mit, die ich nicht im Koffer hatte unterbringen können. Stefan ging allein zum Bahnhof. Meine Mutter, die Mädchen und ich folgten eine halbe Stunde später, ohne

Gepäck, auf einem Umweg. Stefan wartete auf dem Bahnsteig auf uns. Er hob abwechselnd Ruth und Hella hoch und drückte seine nassen Wangen an ihre Gesichtchen. *Werdet ihr Onkel Stefan nie vergessen?* Meine Mutter begann zu schluchzen, und mir war die Kehle zugeschnürt. Auf einmal wurde mir klar, dass auch wir Flüchtlinge waren, Georg, Hella, Ruth und ich. Merkwürdig, dass mir der Gedanke nie gekommen war. Ich hatte einfach an Abreisen gedacht, an das fremde Land, an praktische Dinge, die neue Wohnung zum Beispiel, ob Georg wieder mit seinen Arbeiten Erfolg haben würde in Holland und ob seine Schüler auf der Kunstgewerbeschule es akzeptieren würden, dass er mit einem deutschen Akzent sprach. In diesem Augenblick erst wusste ich, dass wir zu jenen Leuten gehörten, die wie Stefan alles hatten zurücklassen müssen, was ihnen lieb gewesen war, und dass sie uns nun als ihresgleichen betrachten konnten, gleichviel ob sie für oder gegen Deutschland waren, ob sie in politischer Hinsicht mit uns übereinstimmten oder nicht, ob wir derselben Nation angehörten und denselben Glauben hatten wie sie oder nicht. Diese Erkenntnis tat mir gut, es ist immer ein tröstliches Gefühl, eine neue Gemeinschaft zu finden, wenn man aus einer alten ausgestoßen wird.

Im Abteil des Zuges saß ein Holländer mit weißem Haar und Schnurrbart. Ich war ein bisschen stolz darauf, dass ich mich in seiner Sprache mit ihm unterhalten konnte. Die Mädchen überfielen uns immer wieder mit Fragen. Sie sprachen deutsch, verstanden noch kein holländisches Wort. Der alte Herr beantwortete ihre Fragen geduldig, in beinah fehlerfreiem Deutsch, erklärte, machte Ruth und Hella auf Sehenswürdigkeiten aufmerksam. Sie blickten voller Neugier hinaus, waren ein Weilchen still. Dann begannen sie von Neuem, Fragen zu stellen und auch sich zu streiten. Da erkundigte der alte Herr sich auf einmal, ob sie das Horst-Wessel-Lied kannten. Sie kannten es, sie hatten es oft genug auf der Straße gehört. Der alte Herr schlug vor, sie sollten es singen, und sie sangen es. Sie sangen falsch und laut, und ich saß auf glühenden Kohlen, und mein Gesicht glühte vor Scham. Ruth sang übrigens nur die ersten paar Worte mit, danach tat sie nur als ob. Hella kam etwas weiter und fing dann wieder von vorn an. Als sie endlich verstummten, sahen sie den alten Herrn an, als erwarteten sie, von ihm gelobt zu werden. Der alte Mann lächelte. Er zog die Mädchen zu sich heran und sagte, sie hätten dieses Lied nun zum letzten Mal in ihrem Leben gesungen, in Holland dürften sie es nie zu Gehör bringen, *die Holländer lieben es nicht, versteht ihr?* Sie guckten ein bisschen bestürzt drein. *Papa und Mama lieben es auch nicht,* sagte Hella. Der alte Herr lachte. Er zog sein Portemonnaie hervor und gab jedem der Mädchen einen halben Cent. Sie waren sofort wieder lustig, schrien vor Entzücken über die kleinen Münzen. *Mit solchem Geld wird eure Mama nun immer einkaufen gehn,* sagte der alte Herr, und zu mir sagte er, was für ein Glück es sei, dass ich schon so gut Holländisch sprechen könne, die meisten andern Emigranten könnten das nicht, und *die fremde Sprache beherrschen, bedeutet ein neues Vaterland,* fügte er einigermaßen feierlich hinzu. Plötzlich holländische Beamte. Sie blätterten meinen Pass durch, einer von ihnen wollte wissen, zu welchem Zweck ich nach Holland käme. *Ich muss mich hier um die Angelegenheiten meines Mannes kümmern, der Maler ist,* sagte ich ein bisschen hochmütig. *Wir fahren zu Papa,* schrie Hella dazwischen, *Papa*

ist schon in Amsterdam und hat eine Wohnung für uns gemietet!
Der Beamte gab mir den Pass zurück, *na,* meinte er, *das scheint
ja dann doch ein längerer Aufenthalt zu werden!* Auf seinem runden Gesicht zeigte sich ein spöttisches Lächeln. Er schob die
Tür behutsam hinter sich zu und ging weiter den Gang entlang. Der alte Herr hatte sein Gesicht hinter einer großen Zeitung verborgen. Ruth fragte zum zwanzigsten Mal, ob wir noch
nicht da seien, ich stellte mich mit den Mädchen ans Fenster
und sah Felder, Bäume, Pfähle, Bauernhäuser, schmale schnurgerade Kanäle und Windmühlen vorbeigleiten. Die Landschaft
sah nicht viel anders aus als auf der andern Seite der Grenze.
Auch dort – und dort bedeutete nun Deutschland und hier
Holland –, auch dort gab es Felder und Wiesen, Kühe und kleine Bauernhöfe. Ich dachte, ebenso wie die Landschaften müssten auch die Bewohner einander ähneln. Vielleicht hatten die
Grenzbewohner zweier benachbarter Länder mehr miteinander
gemein als Landsleute aus weiter voneinander entfernten Gegenden ihres eignen Landes. Allmählich erst entdeckte ich da
draußen vorm Fenster unbekannte Dinge. Viel mehr Wasser,
mehr Brücken, kleine alte Zugbrücken, auf den Landstraßen
und hinter den Sperrbäumen ungewöhnlich viele Fahrräder,
ungewöhnlich weiße Wäsche auf Küchenbalkons und auf den
vielen Schiffen und schließlich auch Bauern auf Holzschuhen.

Endlich lief der Zug in die Halle des Hauptbahnhofs von
Amsterdam ein. Ich sah Georg auf dem Bahnsteig stehen, sah,
wie sein Gesicht sich erhellte, als er uns hinter dem Abteil-
fenster entdeckt hatte, Hella, Ruth und mich. Wir stiegen aus.
Der alte Herr reichte uns den Koffer und die neun Päckchen
mit Spielzeug herunter. Die Mädchen umarmten Georg stür-

misch und ich dachte: In Sicherheit, jetzt kann uns nichts mehr passieren!

Die Mädchen erzählten beide zugleich, von den Kühen und Onkel Stefan, von den halben Cents, dem alten Herrn und der Passkontrolle. Sie merkten nicht, dass man sich nach uns umsah, dass ein paar Leute missbilligend den Kopf schüttelten, und glücklicherweise hörten und verstanden sie es auch nicht, als eine ältere Dame, in dem Augenblick, in dem wir die Treppe vom Bahnsteig hinuntergehen wollten, verächtlich und laut *moffen* sagte.

Aus dem Niederländischen von der Autorin

Displaced persons
Maartje Wortel

»Es war am 5. Dezember 1999. Ein kalter Tag. Der Schnee hatte das Land eingepackt. Alles war kahl.

›Ich geh den pH-Wert messen‹, sagte Billy.

Das ist mir klar in Erinnerung. Seine Sätze waren kalt wie die Luft.

›Okay, Liebling‹, sagte ich. Ich spürte, dass etwas nicht stimmte.

Wissen Sie, wovor ich Angst hatte? Dass er eine andere hat. Dafür schäme ich mich heute. Es war wohl das Dümmste, was ich denken konnte.

Wir hatten ein Paket geschickt bekommen, damit wir Grünkohl kochen konnten, und damit war ich gerade beschäftigt. Die Fenster waren beschlagen, aber ich sah doch, dass er in den roten Peugeot 205 stieg. Mein Auto. Er wäre schnell wieder zurück, sagte er.

Ich habe dem Auto nachgeschaut. Ein roter Punkt, der eine Spur durch die weiße Landschaft zog, wie ein Blutstropfen auf einem schneeweißen Körper.«

——

Die Kamera läuft. Die Kamera läuft immer. Ich weiß nicht, wie viele Folgen ich schon gemacht habe. Es können hundert sein. Es können tausend sein. Liebe ist Liebe. Irrtümer sind

Irrtümer. Am besten ist es, wenn ich die Leute reden lasse. Sie denken, dass die Geschichte *ihres* Lebens die Geschichte *meines* Lebens ist.

Die Sendereihe ist tatsächlich zur Geschichte meines Lebens geworden. Ich habe die Liebe unzählige Male aus der Nähe gesehen. Und darum glaube ich nicht mehr an sie. Es gibt nichts auf der Welt, das so viele Chancen bekommt, die dann doch nur verspielt werden. Ich lasse die Kamera laufen. Ich höre zu, nicke und lache.

Ich sage: Was für eine schöne Liebesgeschichte.

Ich sage: Wie jammerschade, dass ihr euch aus den Augen verloren habt.

Und ich denke an einen Koffer voll gestohlener Diamanten, der neben der Schnellstraße versteckt ist.

An die unzähligen Autos, die an ihm vorbeigefahren sind.

Die Frau mir gegenüber ist schon alt. Sie zittert. Ich weiß nicht, was sie am Leben gehalten hat. Vielleicht war es die Hoffnung. Die Frau blickt nicht in die Kamera. Sie blickt auf ihre Hände, mit denen sie Krümel auf dem Tisch plattdrückt. Genauso wie ich beim Telefonieren Karos auf einen Notizblock male. Ich lasse sie erzählen, ich unterbreche sie nicht. Eine unnatürliche Situation. Sie erzählt, was sie im Geiste vor sich sieht. Das kommt durch die Stille.

Das meiste schneiden wir raus. Die meisten Dinge in einem Menschenleben, in einer Liebesgeschichte sind unbrauchbar.

Sie sind so normal, dass man ihnen nicht trauen kann.

Fast langweilig. Liebe ist die Langeweile, nach der wir suchen. Das Streicheln über unseren Kopf.

—

»Mein Mann war eins siebenundachtzig groß. Er hatte einen kräftigen, struppigen Bart, eine Lesebrille, die ihm an einer Kordel um den Hals hing, und meistens trug er einen schwarzen Troyer und schwarze Holzpantinen. Trotz der Holzpantinen fand ich ihn immer sehr attraktiv. Er schaute auf eine ganz spezielle Art, als ob er Dinge sähe, die andere nicht sahen. Ich hoffte, sein Blick wäre nicht bei jedem so offen. Ich wollte gern die Einzige sein, die er so ansah. Ich bin nie dahintergekommen, ob es so war.

Bill hieß er. Ich nannte ihn Billy, weil er nicht wollte, dass ich Schatz zu ihm sage. Wir waren zusammen auf der höheren Schule und kamen aus demselben Dorf. Daher radelten wir manchmal nebeneinander nach Hause. Er erzählte mir, dass sein Vater Professor war und die falschen Entscheidungen getroffen hatte. Das war das Einzige, was er über seinen Vater erzählte, aber aus der Art und Weise, wie er darüber sprach, konnte ich schließen, dass sich hinter diesen falschen Entscheidungen eine Familientragödie verbarg. Es hat geholfen, dass er über solche Dinge mit mir sprach, wenn wir zusammen nach Hause fuhren. Es hat mein Interesse geweckt.

Ein paar Wochen später küsste er mich, als wir an einer Kreuzung vor einer Ampel warteten. Es kam ziemlich aus heiterem Himmel.

Er sagte: ›Ich konnte nicht länger warten.‹

Und ich gab ihm Recht. Eigentlich fand ich, dass er schon viel zu lange gewartet hatte.

Wir waren wahnsinnig verliebt.

Mein Gott, ja, was waren wir verliebt.

Wir waren noch Kinder, aber wir wussten, dass wir es mit erwachsener Liebe zu tun hatten.

Wir wussten, dass es für immer war.

Die Zeit, in der wir lebten, spielte mit unseren Sehnsüchten. Wir kamen beide aus einer streng calvinistischen Familie und durften uns nur tagsüber sehen, am Küchentisch bei mir daheim. Meine Mutter war dabei. Sie sagte nichts, war aber immer mit in der Küche, schlurfte hin und her. Stellte Dinge von hier nach dort.

Händchenhalten und Küsschen beim Abschied vor der Haustür (ich erinnere mich, dass es immer kalt war) waren uns irgendwann nicht mehr genug. Wir wollten mehr. Wir wollten einander. Darum fragte Billy, ob ich ihn heiraten wolle. Er fragte es auf dem Umweg über meine Mutter, nicht weil er das wollte, sondern weil es sein musste. Fragen wollte er mich natürlich schon, aber nicht über meine Mutter. Doch es ging nicht anders, etwas gemeinsam zu entscheiden war zu jener Zeit nicht möglich.

Vor unserer Hochzeit habe ich einmal meine Brüste vor Billy entblößt. Wir standen in der Dämmerung im Garten hinter dem Haus. Ich zog mein Hemd hoch. Er hat sie nicht berührt. Er hat auf meine spitzen Brustwarzen geschaut, und ich hörte, dass sein Atem heftiger ging, so wie man am Wind hören kann, dass Sturm im Anzug ist. Wir hatten wahnsinnige Angst, dass Gott uns sehen könnte.«

—

Die Frau legt Pausen ein. Sie macht keine Fehler. Es ist, als hätte sie sich diese Geschichte tagaus, tagein selbst erzählt. Als hätte sie sie eingeübt. Sie hat vergessen, dass Erinnerungen auch den Ort wechseln. Sie erzählt diese Geschichte, als wären die *Worte* ihr Leben und nicht sie selbst. Sie hat sich eine Liebesgeschichte angelernt.

Manchmal höre ich das Ticken der Uhr. Es ist ein deprimierendes Geräusch. Der Tonmann sagt, er habe es mit drauf.

Es passt zum Thema, sagt er, das Ticken der Uhr.

Höchstwahrscheinlich werden die Kinder der Frau später anrufen und fragen, ob die Geschichte mit den Brüsten und Gott herausgeschnitten werden kann.

Wir schneiden das Zögern heraus, aber die Brüste und Gott nicht. Das brauchen wir unbedingt. Um das Auge der Kamera kommt sie nicht herum. Was sie gesagt hat, ist eine Wiederholung der Vergangenheit. Das Ticken der Uhr ist auch aufgenommen. Die Kamera merkt sich alles. Was weg ist, zaubern wir zurück.

Die Frau hat Kaffee gekocht. Ziemlich dünnen. Ich schaue auf die Tasse und denke an den Televizier-Ring. Ich könnte ein schönes Kleid anziehen.

Wie alt sie wohl sein mag? Oder hat sie das schon gesagt?

—

»Wir haben in Den Helder geheiratet, bei scharfem Ostwind. Es hätte der schönste Tag meines Lebens sein sollen, und genau deswegen war er es nicht. Ich dachte die ganze Zeit: Dies sollte der schönste Tag deines Lebens sein.

Es ging mir ständig im Kopf rum.

Sieh zu, dass es der schönste Tag deines Lebens wird.

Das war er nicht. Nein.

Aber die Nacht, das war die schönste Nacht meines Lebens.

Wir hatten ein Hotel mit Aussicht auf ein Wohnviertel. Das war billiger als die Aussicht auf den Hafen.

Wir standen dort beide, als würden wir auf etwas warten.

Ich holte einmal tief Luft und sagte zu Billy: ›Fass mich an.‹

Ich sagte: ›Mach mit mir, was du willst.‹

Ich trat auf ihn zu, um mich ihm zu schenken.

Er warf mich aufs Bett, und wir liebten uns.

Hinterher lag ich in seinen Armen. Wir schauten auf unsere Kleider, die im ganzen Zimmer verstreut lagen, als ob die Menschen daraus verschwunden wären. Wir waren gerührt.

Billy sagte: ›Schön, nicht?‹

Natürlich war es schön.

Ich sagte zu ihm: ›Du bist so sanft.‹

Meine Stimme zitterte.

Danach gingen wir zum zweiten Mal in unserem Leben mit jemandem ins Bett. Miteinander.

Ich weiß nicht, ob es beim ersten oder beim zweiten Mal passiert ist, jedenfalls wurde ich schwanger. Ein Zusammentreffen von Umständen, nannte Billy das. Ich wusste nicht so recht, ob ich mich über dieses Zusammentreffen von Umständen freuen oder ob ich traurig sein sollte. Mir war klar, dass ich keine Frau mehr sein würde, sondern eine Mutter.

Billy sagte: ›Eine Mutter ist dasselbe wie eine Frau.‹

Er versuchte mich zu beruhigen.

Und ich konnte ihm natürlich nicht widersprechen. Auch wenn ich wusste, dass er sich irrte.«

━━━

Je älter sie werden, umso mehr erzählen sie.

Sie haben alles verloren. Die Sendung ist ihr Gewinn. Eine Krönung der Suche, die sie aus dem Leben gemacht haben. Die Show, die sie gesucht haben.

Wir beenden den Dreh in der Küche. Der erste Teil der Liebe ist im Kasten.

Wir setzen uns ins Wohnzimmer. Dort steht ein Klavier. Dort hängen Fotos von Kindern und Katzen. Auf dem Kaminsims liegt eine Brille an einem Band.

Alles, was übrig ist, ist eine Brille an einem Band.

Ich gähne. Gestern bin ich zu spät schlafen gegangen, weil ich ein gutes Buch gelesen habe. Die Worte sind nicht zu mir durchgedrungen, aber ich musste weiterlesen. Ich kroch durch die Wörter. Bis zum Schluss. Ich habe nur den Anfang und das Ende behalten. Es war so aufgebaut, dass der Anfang auch das Ende war.

Die Frau zittert. Ich blicke auf ihr Haar. Flaum.

Draußen fahren ein Junge und ein Mädchen auf Fahrrädern vorbei, Hand in Hand. So ein Getue. Auch die kommen noch zum Mittelteil.

——

»Es gibt nicht viel, was mir von unserem Leben in den Niederlanden noch in Erinnerung ist. Der Geruch des Bügeleisens auf Billys Hemden, das Geräusch des Windes in der Plastiktüte an meinem Fahrradlenker und das Guckloch in der Tür zwischen Schlaf- und Badezimmer. Das sind natürlich Erinnerungen, die keine Bedeutung mehr haben. Man könnte sagen: austauschbar, aber für mich sind sie lebenswichtig. Es sind die Erinnerungen an meinen Mann.

Von Rotterdam aus fuhren wir mit dem Schiff nach Halifax. In Den Helder konnten wir weder Arbeit noch eine Wohnung finden. Von einem Bauern hatten wir gehört, dass es in Kanada viel Arbeit gab. Mit seiner Hilfe fanden wir einen Hof in Edmonton, und dort stürzten wir uns ins Abenteuer. Mir war schlecht, so wie einem als Kind in der Nacht vor dem eigenen Geburtstag schlecht sein kann. Für mein Gefühl hat das Leben erst angefangen, als wir in Kanada ankamen. Wir waren voller Erwartungen. Es war, als würden wir erst vom Moment unserer Ankunft in Halifax an von einer höheren Macht wahrgenommen, als ginge es jetzt endlich los. Auch wenn es nur die Demonstranten waren, die johlend im Hafen standen und Pappschilder schwenkten: ›No more displaced persons.‹

Das fand ich toll. Displaced persons, das waren wir. Endlich hatten wir einen Namen. Wir waren nicht willkommen, das stärkte unsere Liebe. Das spürte ich sofort. Ich kniff Billy in die Hand und war mir sicher, er wusste, was ich damit sagen wollte.

Es ging nicht nur um ihn und mich. Nein, in meinem Bauch waren die Zwillinge. Ich streichelte meinen Bauch, um die Babys zu beruhigen. Sie waren dort fürs Erste gut aufgehoben, am richtigen Platz.

Edmonton war atemberaubend schön. Eigentlich könnte ich nicht mal erklären, warum.

Vielleicht weil man endlos weit schauen konnte.

Endlos.

Billy war guter Dinge. Froh und zufrieden, sagte er selbst.

Er sagte: ›Ich liebe es, wenn niemand weiß, wo wir sind.‹

Manchmal machte er ein kleines Spiel daraus. Er versteckte sich im Haus oder draußen, mitten im Getreide, kurz bevor es geerntet werden sollte.

Plötzlich tauchte er lachend auf, die Brille baumelte an dem Band um seinen Hals.

Er sagte, er sei glücklich. Und das machte mich glücklich.

Die Zwillinge wurden 1954 geboren. Ein Junge, Rens, und ein Mädchen, Ellen. Sie ähnelten sich kein bisschen, und das tun sie auch heute noch nicht. Rens ist klein und zart, Ellen grob und groß. Außerdem unterscheiden sie sich vom Wesen her ziemlich, darum hängen sie so aneinander. Es ist fast, als ob sie verliebt wären, die beiden haben sich immer was zu sagen. Schauen Sie, da auf dem Foto. Das sind sie.

Manchmal dachte ich, dass wir uns etwas vormachten, dort, auf dem Bauernhof in Kanada, mitten in den Getreidefeldern. Als ob wir den Blick für die Realität verloren hätten. Ich hörte ständig von unzufriedenen Frauen, quengelnden Kindern, Geldmangel, Hunger und Durst. Wir dagegen lebten von einem Höhepunkt zum nächsten und freuten uns nicht nur aneinander, sondern an allem. Ich schäme mich fast, darüber zu reden, so als ob Glück anrüchig wäre.

Mit dem Betrieb lief es auch immer besser. Billy hatte ungefähr zehn Jungs aus der Gegend angestellt, die beim Ernten, Säen und Dreschen halfen. Fünf Kilometer weiter hatten wir zwei große Getreidesilos bauen lassen. Ich fand sie toll von der Form her. Männlich.

Wir verkauften das Getreide an eine große Biermarke. Manchmal kamen Männer in Anzügen, die sich unseren Betrieb anschauten. Aus reinem Interesse an dem Produkt. Das erlebt man heutzutage nicht mehr, oder? Die Männer schauten meistens in erster Linie nach Ellen und viel weniger nach den Feldern und den Silos, aber sie waren sehr nett, und auf diese Weise haben wir viele Freunde gewonnen. Sie kamen von überallher. Außerdem bekamen wir gratis so viel Bier, wie wir haben wollten, weil der Kunde ein zufriedener Kunde war. Manchmal blieben die Männer zum Essen da, und wir tranken uns einen an. Wenn sie zu betrunken waren, blieben sie über Nacht. Es war so eine gute Zeit. Alle Männer, die bei uns waren, ohne Ausnahme, sagten, die Wolken über Edmonton wären die schönsten Wolken, die sie je gesehen hätten. Es hat mich gerührt, dass Männer in Anzügen von den Wolken sprachen.«

—

Das Gesicht der Frau ist zerknittert.

Manchmal blickt sie nach oben. Ich bin ihrem Blick gefolgt, um herauszufinden, wohin sie schaut. An die Decke. Nichts Besonderes. Holzbalken.

Der Kameramann kniet vor der Frau. Er filmt sie von unten. Ihre Haut bewegt sich lose über den Wangenknochen, wie eine Briefmarke, die sich im Wasser ablöst.

Ich hole langsam Luft. Mein Bauch bewegt sich leicht unter meinem Pullover. Die Frau blickt erschrocken in die Kamera. Sie schluckt, versucht zu sprechen, schluckt noch einmal. Der Tonmann gibt ihr ein Glas Wasser. Schmiermittel für die Geschichte.

Auch wir warten auf das, was kommt. Wir machen Fernsehen. Wir rekonstruieren Liebesgeschichten. Wir nageln Türen zu. Wir schließen Leben ab.

Wir machen den Nachspann.

———

»Es dauerte so lange, dass ich den Grünkohl wegwerfen konnte. Ich lief durchs Zimmer und sagte laut: ›Billy, wo bleibst du denn?‹

Vielleicht konnte mein Geist die Situation ja steuern.

Billy kommt jetzt nach Hause, dachte ich. Billy kommt jetzt nach Hause.

Im Geiste fuhr ich im Auto mit ihm durch das weiße Land. Ich sah vor mir, wie er mich von der Seite anschaute. Dass er seine Hand auf meinen Oberschenkel legte, ein Lied für mich summte.

Ich sagte: ›Billy, komm nach Hause.‹

Rens stand im Zimmer.

›Mom, are you alright? Are you talking to yourself?‹

Das hat er gesagt.

›Mom, are you alright? Are you talking to yourself?‹

Ich sagte: ›Papa ist weg, und er hätte schon längst wieder da sein müssen. Er wollte nur den pH-Wert messen. Du weißt, das dauert keine Stunden.‹

›I'm gonna take a look‹, sagte Rens. ›Don't worry.‹

Aber weil er ›don't worry‹ sagte, machte ich mir noch mehr Sorgen.

Er rief Ellen, dass sie mitkommen solle. Sie sah bildschön aus. Kinder in diesem Alter haben solche Tage der Schönheit. Tage, die nie mehr wiederkehren. Ich fühlte mich melancholisch. Auch wegen des Schnees, auch wegen des Grünkohls, und weil Billy nicht da war.

Jetzt sah ich, wie meine Kinder in Billys aschgrauem Landrover wegfuhren.

Wieder stand ich am Fenster und sah zu, wie sie immer weiter aus meinem Blick verschwanden. Als sie schon ziemlich weit entfernt waren, sah der Wagen wie ein Spielzeugauto aus. Es machte mir zu schaffen, dass alles, was aus der Nähe groß erscheint, so leicht verschwindet, wenn es sich von einem entfernt.

Um mich zu beruhigen, schaltete ich den Fernseher ein.

Ich dachte die ganze Zeit: Es ist nichts, du machst dich verrückt. Obgleich ich wusste, dass ich die Wahrheit damit zu verdrängen versuchte. Ich spürte einfach, dass irgendwas los war.

Sorg für ein Geräusch, dachte ich. Also tat ich das.

Warten dauert lange, wenn man weiß, dass man wartet.

Es waren die längsten Stunden meines Lebens.

Diese Stunden sind sogar zu meinem Leben geworden.

Die Kinder waren schnell wieder da.

Nur die beiden.

Kein Billy.

Rens kam auf mich zugelaufen. Er war außer Atem.

›Das Auto steht beim Silo‹, sagte er. ›Das Auto steht da.‹

›Dein Auto, Mama‹, sagte er. ›Aber Papa war nirgends zu sehen. Keine Spur.‹

Ich merkte, dass er auf einmal Niederländisch sprach. Sogar jetzt weiß ich noch, dass mir das auffiel.

Ich wusste genau, was los war. Meine Kiefer waren so fest zusammengepresst, als könnte ich sie nie wieder auseinanderkriegen. Ich packte Rens am Arm und zählte bis zehn, wie früher beim Versteckspielen.

Acht, neun, zehn – ich komme.«

———

Auf ihrer Oberlippe steht Schweiß. Ihre Hände sind gefaltet. Sie betet. Alle werden es sehen. Ihre Lider zittern. Ich schaue zum Kameramann. Ich traue mich nicht, etwas zu sagen. Er filmt. Er hat das Ende auf Band. Ich denke an die Einschaltquote. Vielleicht können wir im Schneideraum noch etwas daraus machen. So dass dieses Ende nicht das Ende ist. Und es weitergeht, wenn sie nicht mehr im Bild ist. Für den, der richtig schaut, ist dies das Ende. Aber nicht für dich.

Aus dem Niederländischen von Helga van Beuningen

Der B̲ä̲r̲ und das Mädchen

Manon Uphoff

Diese wahre Geschichte geht so: In einem Haus oben auf einem Hügel spielt ein junges Mädchen zufrieden mit den klap-
pernden Knochen ihrer Eltern. Sie weiß nicht, dass es ihre
Knochen sind. Ein Bär ist vor langer Zeit ins Jagdhaus ihres
Vaters eingedrungen und hat ihre Eltern getötet und aufgefres-
sen. Sie war damals noch sehr klein. Am selben Tag stieg ein
Bärenkind (dessen Mutter vorher von ihrem Vater, dem Jäger,
erlegt worden war) in ihr Haus ein. Es kletterte durchs offene
Fenster, und seither lebten sie zusammen.

Sie schliefen in einem Bett, der Bär war warm, weich und
kuschelig, nachts wärmte er das Mädchen, und das Mädchen
öffnete jeden Tag frühmorgens die Tür für ihn, damit er hin-
auskonnte, um zu jagen und im Bach Fische zu fangen, die sie
oft zusammen aßen. Der Bär aß sie roh, das Mädchen gebraten.

Dann entdeckte ein Dorfbewohner den Bären, Jäger folgten ihm: Wo ging er denn nur hin? Sie sahen ihn ins Haus
auf dem Hügel gehen und das Mädchen am Fenster stehen. Sie
schrien, so laut sie konnten, und winkten ihr zur Warnung.
»Bleib nicht im Haus, ein Bär hat es gefunden, er bringt dich
bestimmt um und frisst dich auf!« Doch das Mädchen verrie-
gelte die Tür, und die Jäger konnten nicht hinein und machten
unverrichteter Dinge kehrt.

Sofort entstand Unruhe im Dorf, Gerüchte machten die
Runde, und andere Menschen legten den weiten Weg auf
den Hügel zurück, nur waren es diesmal keine Jäger, sondern

Beschützer der Bären. Im Lauf der Jahre waren schon so viele erlegt worden, dass es kaum noch welche gab. Ein Jammer, solche prächtigen, mächtigen Tiere – und an alldem sind die Menschen schuld! Die neuen Besucher bauten sich vor der Tür auf, bis sie den Bären im Erdgeschoss erblickten. »Sch! Sch! Raus mit dir! Komm raus da! Du riechst doch, dass da drinnen ein Mensch ist! Er bringt dich bestimmt um, und was wird dann aus den Bären?« Doch der Bär reagierte nicht, die Tür blieb verschlossen, und die Menschen gingen wieder weg.

Nun sitzen das Mädchen und der Bär am Tisch und sehen sich mit zusammengekniffenen Augen an. Was ist, wenn sie Recht haben?, fragt sich das Mädchen. Zu ihrem Entsetzen spult sich plötzlich die Vergangenheit vor ihrem inneren Auge ab: Der Bär, der ihre Eltern getötet hat ... Die Knochen, mit denen sie jahrelang in aller Unschuld gespielt hat ...! Gibt es im Leben ein größeres Grauen? Der Bär aber sieht das Mädchen an, und auf einmal findet er ihren Geruch genauso verlockend wie abstoßend, da fällt es ihm wieder ein: Ja, seine Mutter wurde von einem Menschen getötet, und ihr Fell ist es, das da auf dem Holzboden liegt, damit sie keine kalten Füße bekommen.

In dieser Nacht, nebeneinander im Bett, riecht das Mädchen den Atem des Bären. Als er gähnt, sieht sie seine gelben Zähne und weiß, sie ist nur einen Biss vom Tod entfernt. Der Bär spürt etwas Hartes an seiner Flanke, und sie sagen kein Wort, und beide schlafen sie nicht.

Er wird mich umbringen.

Sie wird mich erschießen.

Das war schon immer so, sagt der Bär, aber nicht mit Worten. Jetzt weiß ich es ... ich habe deinen Geruch immer gemocht und, wenn ich neben dir lag, tiefen, bohrenden Hunger verspürt!

Jetzt weiß ich es, sagt auch das Mädchen wortlos, was du gerochen hast, war meine Angst. Noch in meinen Träumen habe ich nach dem Gewehr getastet, das, seit du bei mir eingedrungen bist, unter der Matratze versteckt lag.

Aus dem Niederländischen von Bettina Bach

Rosaceae, Crataegus monogyna »Stricta«, Weißdorn-Art
Esther Gerritsen

Wenn sie am Tisch sitzt, kann sie die obersten Zweige des Baumes sehen. Der allererste Baum war die Kastanie; der Baum
von früher, der Baum auf dem Kiesweg, der Baum von zu Hause, der Baum auf dem Land. Vor Jahren gesät von ihrem Onkel,
der damals kein Onkel, sondern ein kleiner Junge war. In einer
Zeit, als das Haus bereits das Haus der Familie ihrer Mutter war,
ihre Mutter jedoch nicht die Mutter, sondern die Tochter war.

Nach der Kastanie kamen die Bäume auf den Bürgersteigen,
Bäume, die abends von Laternen beleuchtet werden, Bäume,
deren Stamm mit Drahtgeflecht umwickelt ist, dürre Bäume,
neu gepflanzte Bäume, Bäume, die sie hat ankommen sehen,
die alle gleichzeitig mit dem Lastwagen gebracht wurden, alle
Bäume in der Straße gleich alt, nicht von Jungs gesät, Bäume in quadratischen Pflanzbeeten: Stadtbäume. Hier, vor dem
Haus in Utrecht, nun eine neue Variation desselben Themas,
ein Baum mit einem Namensschild:

Diese Wohnung hat einen Teppichboden. Keinen Holzfuß-
boden, keine Läufer, kein Sisal, kein Linoleum, sondern einen

hochflorigen Teppichboden. Den kannte sie bisher nur von früher, aus dem Elternhaus.

Sie definiert ihre neue Wohnung:

»Vor meiner Wohnung steht eine Weißdorn-Art.«

»In meiner Wohnung liegt Teppichboden.«

Sie lernt eine Fremdsprache:

»*I have got a cat.*«

»*I haven't got a dog.*«

»*Excuse me, sir, have you got a dog?*«

»Unser Haus.«

»Wir wohnen.«

Ihre Schwester ruft an.

»Sind deine Sachen jetzt schon da?«

Zu ihrem eigenen Erstaunen antwortet sie: »Nein, das meiste steht noch in Arnheim.«

»Wann holst du sie?«

»Weiß ich noch nicht.«

Irgendwo gibt es eine Wohnung, in der sich ihr Eigentum befindet. Es ist ihr klar, dass sie dorthin muss, um ihre Sachen abzuholen, ihre Post mitzunehmen, aber sie vergisst es immer wieder, weil sie dort nicht mehr wohnt. Sie wohnt hier, umgeben von Möbeln, die ein anderer irgendwann einmal ausgesucht hat, und nur mit dem Allernötigsten: den Büchern, in die sie täglich hineinschaut, der Kleidung, die sie immer trägt, der Musik, die sie noch hört. Sie wohnt nicht mit ihrem restlichen Eigentum zusammen und schon gar nicht mit ihrer Post. Hier, in dieser Wohnung mit der Weißdorn-Art vor dem Fenster, scheint es, als hätte sie nie in all den anderen Häusern mit den diversen Bäumen gewohnt. Sie war zufällig dort und hatte ziemlich viel bei sich. Sie hat ihre Sachen zurückgelassen und will nichts mehr mit ihnen zu tun haben.

Ein alter Traum wird zur Realität. Sie denkt, sie sei zu Hause, aber plötzlich gibt es noch eine Wohnung, ihre eigentliche Wohnung, in der ihre Sachen stehen und für die sie sinnlos Miete zahlt.

Sie ist zu Hause, in dem Haus aus ihren Träumen, in das sie geflüchtet ist, ohne die Vergangenheit aufzuarbeiten. Wo sie ist, ist auch noch jemand anders. Wo sie wohnt, lebt auch ein Tier. Sie nennen es »die Katze«. Man hört ein Fernsehgerät, zu dem sie nicht hinschaut. An den Wänden dieses Hauses hängen Gemälde, die sie nicht aufhängen würde.

Die alte, verlassene Wohnung ist ein Hinweis darauf, dass sie jetzt hier lebt. Hier, in diesem Haus, in dem auch unabhängig von ihr Leben ist.

Vor ihrem Haus steht ein Baum mit Drahtgeflecht. Die Tür des Hausflures lässt sich schwer öffnen. Der Handwerker, der vor einiger Zeit das Dach repariert hat, sagte, das Haus sei schlecht gebaut. Zu schnell. Schlampig.

Sie holt die Post aus dem Briefkasten im Hausflur. Die Post kommt hier in einen Kasten mit einem Schloss, sie fällt nicht auf die Fußmatte. Mit dem Stapel Post in der Hand geht sie die Treppe hinauf, an den Wohnungen ihrer Nachbarn vorbei.

Sie wirft die Post auf den Küchentisch, der kein Küchentisch mehr ist. Sie hat bereits beschlossen, dass er auf den Sperrmüll kommt.

Ihr erster Küchentisch, in ihrer ersten eigenen Küche, in ihrer ersten eigenen Wohnung mit eigenem Badezimmer, eigener Eingangstür. Alles für sie allein, die Krönung des Lebens als Individuum. Sie setzt sich an den wackeligen Holztisch in ihrer Zweizimmerwohnung.

Früher stand der Tisch im Wohnzimmer ihrer Großeltern. Danach hat er jahrelang umgekehrt auf dem Dachboden gelegen. In den letzten Jahren hat er als Schreibtisch gedient, und erst in dieser Wohnung ist er zum Küchentisch geworden.

Als Schreibtisch in den Studentenbuden hat er nie Anlass zu Zweifeln gegeben. Als schöner Tisch im Esszimmer hat er sich früher gut gemacht. Als Küchentisch in der Zweizimmerwohnung hat er versagt. Der Tisch hat versucht, einen Küchentisch zu mimen – vergeblich. Sie haben es beide versucht, sie und ihr Tisch, weil der Küchentisch *das* Möbelstück ist, das aus einer Wohnung eine richtige Wohnung macht, aber wenn sie am Küchentisch saß, mimten sie das »Sitzen am Küchentisch«, und in Gedanken sah sie genau diesen Tisch in dem anderen Haus vor sich. Denselben Tisch, und an ihm saßen fünfzehn Enkel, die mit den Fäusten auf die Platte schlugen und sangen: »Nikolaus, Nikolaus, komm rein mit deinem Knecht. Wir Kinder sitzen schon bereit, ganz brav und ganz aufrecht.«

Still und leise ist ihr der Tisch entglitten. Unbemerkt gestorben.

Vor ihr auf dem gescheiterten Küchentisch liegen zwei Anzeigenblätter, die Immobilienzeitung, vier Kontoauszüge, eine Einladung zu einem Empfang, eine Einladung zu einer Filmpremiere, Werbung vom Reader's-Digest-Gewinnspiel, fünf

Einladungen zu Aufführungen von Freunden, Bekannten und Kollegen, zwei Adressänderungen und drei Programmbroschüren großer Theaterensembles. Keine Briefe oder Karten, keine persönliche Post, keine handgeschriebenen Umschläge. Adressbanderolen und -etiketten, Umschläge mit ihrem Namen und ihrer Kundennummer. Der einzige Brief, den sie unbesehen wegwerfen könnte, ist der erste, den sie öffnet, der von Henny Bakker-Daniëls vom Reader's-Digest-Gewinnspiel. Letztes Mal hat Henny ihr eine Kassette geschickt. Sie weiß, wie Hennys Stimme klingt. Henny Bakker-Daniëls gibt es wirklich.

Sie stellt sich andere Post vor. Nur einen Brief. Mehr nicht. Als sie ihn öffnet, ist es still in der Wohnung, nur das Aufreißen des Umschlags ist zu hören. Sie malt sich nicht aus, was in dem Brief steht oder von wem er ist. Nur diese Handlung sieht sie vor sich. Wie sie den Brief, nachdem sie ihn gelesen hat, vorsichtig in einen kleinen Schuhkarton mit anderen Briefen legt. Ganz zärtlich.

Aus ihrem Küchenschrank holt sie eine große, vollgepackte Plastiktüte mit dem großen schwarzen Aufdruck »Ich kauf bei Edah!«. Sie schüttet die Tragetasche auf dem Fußboden aus. Briefe, Karten, Faxe, Adressänderungen. Urlaubskarten, auf denen nur »viele Grüße« und ein Name stehen. Weihnachtskarten mit nichts weiter als zwei Namen auf der Innenseite.

Sie räumt die Schränke aus, verteilt den Inhalt auf dem Fußboden und setzt sich mitten hinein. Neben ihr ein Müllbeutel.

Sie hält zwei Weihrauchschalen in den Händen. Sie räuchert schon seit Jahren keinen Weihrauch mehr, aber es sind schöne Schalen, und jemandem, der Weihrauch brennt, würden sie gefallen. Es wäre schade, sie wegzutun. Eine Öllampe. Bei ihr steht sie nur herum, aber jemand, der Öllampen benutzt, könnte sie sehr gut gebrauchen. So etwas schmeißt man nicht weg. Nagellack. Benutzt sie nie. Aber jemand, der ...

Jemand hat sich zwischen ihren Sachen niedergelassen. Angenommen, sie würde spurlos verschwinden und man würde eine Charakterstudie des Besitzers dieser Sachen anfertigen – das Ergebnis wäre jemand anderes als sie.

Ein Stoffhund. Geschenkt bekommen. Geschenkte Sachen wirft man nicht weg. Und geschenkte Sachen mit Augen, Ohren und Beinen schon gar nicht, denn Plüschhunde im Müll sind ein Sakrileg, und so liegt der Hund schon seit Jahren zwischen Weihrauchschalen und Öllampen im Schrank.

Sie steht auf und überlegt, ob sie erst etwas anderes tun könnte. Von der Wand muss sie nichts abnehmen, dort hängt nichts.

Sie ist immer angewidert von den Pinnwänden in Studentenzimmern, die vollgehängt sind mit Konzerttickets und lustigen Ansichtskarten. Oder von gerahmten Collagen mit Fotos von Freunden. Porträtaufnahmen der Bewohnerin oder des Bewohners. Von Plakaten besuchter Konzerte oder von Inszenierungen, in denen der Bewohner mitgespielt hat. Merkwürdigen Objekten aus bereisten Ländern. All das, was dem Besucher Fragen aufgibt:

»Wo kommt das denn her?«

»Bist du da gewesen?«

»Bist du das auf dem Foto?«

»Wer ist denn der gut aussehende junge Mann?«

»Ist das dein Freund?«

»Oh, hast du in dem Stück mitgespielt?« Zeugnisse eines Lebens.

Ihre Wände sind kahl. Es ist der Versuch einer unverfälschten Behausung. Keine Bilder, die auf den Geschmack der Bewohnerin hindeuten. Weil sie nicht einfach das sieht, was an der Wand hängt, sondern die Buchstaben eines Satzes:

»D A S F I N D E I C H S C H Ö N.«

Sie möchte nicht in einer Kirche wohnen. Sie will keine Gegenstände um sich, die Zeichen für etwas anderes sind. Sie möchte die Wirklichkeit nicht entschlüsseln müssen, sie will Wirklichkeit selbst. Jetzt betrachtet sie die weißen Wände, aber was sie sieht, sind keine weißen Wände, sondern das Statement:

»N I C H T S A N D E R W A N D.«

Und die Besucher sagen: »Oh, hast du gar nichts aufgehängt?« Und sie erklärt, dass sie etwas gegen Geschmack hat, gegen Pinnwände, aber wenn sie ihre Schränke öffnet, fallen Plastiktüten mit Weihnachtskarten heraus, Weihrauchschalen, Öllampen, Plüschhunde …

»Ja, diesen Hund habe ich von einer Freundin bekommen, als ich …«

»Ja, früher hab ich Weihrauch geräuchert, witzig, nicht …?«

»Weißt du, welche Klamotten ich damals getragen habe? Hier, guck mal …«

»Ah, und hier, das sind meine Briefe …«

Sie blickt sich um, sucht nach Halt und findet die grüne Teekanne. Die grüne, hohe Teekanne auf der Anrichte ist schön. Ganz anders als die alte, die nichts taugte. Die klein und weiß war und immer braune Flecken hatte, deren Anblick einen trübsinnig machte, so dass man unweigerlich dachte: Wenn ich nur eine schöne Teekanne hätte, wäre alles anders. Wenn nun die grüne Teekanne das Einzige wäre, was sie sehen würde, wäre tatsächlich alles anders, aber so ist es nicht: Die Teekanne blickt auf die Weihrauchschalen, und ihr gegenüber stehen fast leere Eimer mit Wandfarbe, ihr fester Platz ist oben auf dem Schrank, in dem ein Plastikbeutel mit Weihnachtskarten liegt, auf denen Bären mit Pudelmützen auf kleinen Skiern einen Abhang hinunterfahren und winken.

All diese Gegenstände sind still, aber unleugbar anwesend und sorgen dafür, dass sie nie allein ist. Ständig sind die anderen da, die sich in ihren Sachen einquartiert haben. In den Sachen, die sich in den Ecken der Schränke verborgen und sie teuflisch angegrinst haben und die Ursache der unbehaglichen Stille sind, die ihr immer spürbar aus den hintersten Winkeln der Schränke entgegengekommen ist. Dieser aufdringlichen Stille, die sich einen Weg zu ihr gebahnt hat. Die Gegenstände, die ihr das antun, sind aus den Schränken gekommen. Sie starren sie unverhohlen an und lachen, sie lachen und winken unaufhörlich wie die Bären auf den Weihnachtskarten.

Sie steht in der Mitte des Zimmers, den Müllsack in der Hand, bereit, die Sachen wegzuwerfen, bereit, sie auszusortieren, abzustoßen. Der gestorbene Tisch, der antik sein könnte, kommt morgen früh auf den Sperrmüll, und am Nachmittag wird sie feststellen, dass sie einen großen Fehler gemacht hat. Sie muss sich entscheiden und ihrem Urteil vertrauen. Dabei wünscht sie sich mehr Wahrheit. Sie sucht nach einer absolut sicheren

Methode, ihr Eigentum zu scannen. Sie blickt sich um, bemüht, die Gegenstände neu zu beurteilen, emotionslos. Sie erkennt, dass Ästhetik anerzogen, kulturell bedingt ist. Sie denkt: Jetzt finde ich Holztische schön. Vor zehn Jahren mochte ich sie nicht leiden. Da fanden meine Eltern Holztische schön. Was für mich altertümlich ist, halten sie für modern. Was sie als altmodisch empfinden, nenne ich klassisch.

Im materiellen Leben herrscht völlige Willkür. Misstrauisch betrachtet sie die grüne Teekanne.

Sie kann niemanden fragen, welche der Sachen etwas taugen und welche nicht. So etwas muss man selbst entscheiden, »denn die Geschmäcker sind verschieden«. Das versucht sie zu glauben, denn sie ist ein vernünftiger Mensch, aber sie glaubt es nicht, sie glaubt an die Wahrheit. Sie glaubt, dass die meisten Menschen sich irren, dass sie sich verirrt haben, von der Herde abgedriftet sind, oder dass die ganze Herde von dem einen abgedriftet ist. Der Hirte hat sie alle verloren! Vielleicht hat ihre Mutter Recht, vielleicht sollte sie sich Rollos anschaffen, womöglich ist der Geschmack ihrer Mutter die Wahrheit, ist ihre Mutter der Hirte!

Als sie aus dem Fenster schaut, wird es stiller im Zimmer. Die Gegenstände schweigen.

Sie betrachtet den Baum. Mit den Augen folgt sie einem Ast, der sich im Wind bewegt. Es ist ein dünner Ast.

Dann fällt sie.

Plötzlich.

Sie steht, und trotzdem merkt sie, wie sie fällt. Wie sie gefallen ist, obwohl sie noch aufrecht steht.

Erschrocken starrt sie weiter auf denselben Ast, der sich unbeirrt im Wind wiegt, während sie gefallen ist.

Es muss der Ast gewesen sein. Der Ast muss in ihrer Phantasie abgebrochen und gefallen sein. Eine andere Erklärung gibt es nicht. Ihr Blick war nur auf den Ast gerichtet. Auf nichts anderes.

Dennoch hat sie den Fall gespürt. Sie erklärt es sich so, dass es Einbildung gewesen sein muss. Offenbar hat sie sich, ganz unbewusst, in ihrer Phantasie auf den Ast gesetzt, der dann natürlich zerbrach, so dass sie fiel. Aber das stimmt nicht. Sie hat nicht phantasiert. Nichts gedacht. Sie hat geschaut, und dann ist sie abgebrochen und gefallen. Sie war dieser Ast.

Sie war dieser Ast. Das weiß sie. Krampfhaft heftet sie ihre Blicke auf den Ast, denn sie will nichts anderes mehr sehen, nichts anderes mehr sein.

Sie weiß, dass sie dieser Ast werden kann. Sie weiß, dass das, was sie ist, nicht an die Orte gebunden ist, an denen sie sich befindet. Dass ihr Leben nicht von ihr Besitz ergreifen kann. Dass die Sachen sie nicht holen können.

Sie wird alles Überflüssige in Müllsäcke packen und nach draußen bringen. Sie wird eine Auswahl treffen, wohl wissend, dass diese Auswahl relativ ist. Kaputte Möbel wird sie an die Straße stellen und die Sperrmüllabfuhr anrufen. Die Post wird sie sich ein halbes Jahr lang nachsenden lassen, später wird sie dem neuen Mieter ihre jetzige Anschrift geben.

In den nächsten Jahren wird sie von dieser Wohnung träumen. Von zurückgelassenen Sachen. Von Unvollendetem. Anderweitigen Verpflichtungen. Von vergessenen Problemen, die sie in einem arglosen Moment überfallen werden. Von einem anderen Leben, mit dem sie nichts zu tun haben will. Dem Leben derjenigen, die sie eigentlich ist, verborgen in den Tiefen ihrer Schränke aus vergessenen Wohnungen.

Aus dem Niederländischen von Anna Carstens

Die kupferne Tänzerin
Maria Dermoût

Als sie ins Haus trat, stand ein Diener vor ihr (sie kannte ihn nicht von früher) und erwartete sie. »Der Herr lässt ausrichten, der Herr sei noch in der Stadt, der Herr komme aber gleich«, sagte er und führte sie umgehend durch den Flur zur geschlossenen hinteren Veranda, dem Arbeitszimmer, das sie immer auch als Wohnzimmer benutzt hatten. Dort ließ er sie allein.

Sie nahm den Hut ab, legte ihn irgendwohin, sah sich um. Im Grunde schien sich nicht viel verändert zu haben, auch wenn alles verschlissen und ungepflegt wirkte. Sie blieb kurz stehen und strich sich ein paar Mal mit der Hand über die Stirn, ganz oben am Haaransatz; als befände sich in ihrem Kopf eine kleine, stille, offene Stelle, offen und doch irgendwie umfriedet, abgeschieden von allem anderen, unsagbar verletzlich: Er war ihr erster Mann gewesen, und sie hatte fünf Jahre mit ihm in diesem Haus gelebt, und jetzt ... Einen Augenblick fiel es ihr schwer, diesen Gedanken weiterzudenken. Sie waren auseinandergegangen, nach zwei Jahren hatte sie erneut geheiratet, das war auch schon wieder vierzehn Jahre her; aus dieser Ehe hatte sie zwei Kinder, ihre große Tochter ging in die erste Klasse der weiterführenden Schule, darüber musste sie kurz lachen. Kein einziges Mal hatten sie sich in all der Zeit wiedergesehen. Der Mann war in dem Haus geblieben, hatte nicht wieder geheiratet, und sie hatte all die Jahre auf den Äußeren Inseln von Niederländisch-Indien gewohnt, unendlich weit weg. Doch nun war sie wegen eines Todesfalls in der Familie sowieso in der Nähe und hatte ihn einmal besuchen wollen, bis zum nächsten Zug blieb ihr dafür noch Zeit. Warum nicht?

Sie waren als gute Freunde auseinandergegangen. Wenn man nach sechzehn Jahren nicht voneinander geheilt ist, wann dann?

Sie sah sich um – sein Zimmer hatte sich doch verändert. Es standen noch dieselben Bücherschränke darin, sein Schreibtisch, der hohe Zeichentisch (er war Ingenieur und Berater für die Ausstattung von Fabriken und landwirtschaftlichen Versuchsanstalten), die Rattansitzecke: ein kleines Sofa und ein paar große Sessel um einen runden Tisch, der rot lackierte Teewagen auf Rädern, der Spirituosenkoffer, der abscheuliche Rauchtisch. An der Decke hing noch dieselbe Lampe, und die beiden Stehlampen aus Porzellan standen auch noch da, eine auf einem Bücherschrank, die andere auf dem Schreibtisch; ein paar Stiche an der Wand: die alte St.-Bavo-Kathedrale in Haarlem, eine Ziege auf der Weide.

Genau dieselben großen Fenster waren nach außen hin geöffnet, zum Garten. Der ungepflegte Teich mit den Lotusblättern, die grünen Bäume, der misslungene Steingarten sahen immer noch genauso aus wie früher; und aus den beiden hinteren Fenstern der immergleiche Blick auf das felsige Tal, den wilden Fluss, die rundgeschliffenen Steine, die Bambuswäldchen. Bestimmt war auch der Berg noch da, versteckt hinter den dicken schwarzen Regenwolken.

Doch zwischen den beiden Fenstern, auf einem hohen, schmalen Bord, stand eine kupferne Tänzerin; die hatte früher nicht dort gestanden, sie war neu.

Die Frau ging hin, schaute und lauschte der Geschichte, die ihr hier erzählt wurde.

Ein flaches, rundes Stück Kupfer mit Buckeln, Dellen, Grasbüscheln, wie um den Erdboden darzustellen, ruhte auf dem Rücken von sechs kupfernen Elefanten. Sie standen in regelmäßigen Abständen fast ganz unterhalb der Kupferplatte, nur ein Teil des Nackens und des Kopfes mit den kleinen, tiefliegenden Zwinkeraugen, den großen Segelohren links und rechts, dem leicht gehobenen Rüssel, den wie bei zahmen Elefanten flachgeschliffenen Stoßzähnen lugte hervor, ebenso wie die kräftigen, runden Vorderbeine, nebeneinander aufgereiht. Auf der Kupferplatte stand ein kupferner Baum, der Stamm nach unten hin kräftig, nach oben hin weit verzweigt; und jeder Ast endete wiederum in stets feineren, belaubten und blühenden Zweigen.

Unter dem Baum stand eine kupferne Tänzerin.

Sie trug nur einen weiten, dünnen Rock mit einem reich verzierten Gürtel um die Taille und ein paar Ringe an den Knöcheln, sonst nichts. Sie stand da, als wäre sie mitten in einer wirbelnden Drehung um die eigene Achse erstarrt, ihre hochgewölbten Füße auf den Zehenspitzen, die Fersen vom Boden gelöst. Die langen, schlanken Beine mit den durchgedrückten Knien zeichneten sich unter dem dünnen Rock ab – dem Rock, der ganz knitterig um die eine Hüfte lag und sich auf der anderen Seite in einem weiten Faltenwurf ergoss. Sie streckte beide Arme in einem Bogen über den Kopf nach oben, so

stark angespannt, dass ihr schmaler, nackter Oberkörper lang-
gedehnt wirkte, mit tiefen Mulden in den Achselhöhlen, und
dass die kleinen, hoch angesetzten Brüste noch weiter hinauf-
gezogen wurden. Der Kopf mit dem straff zurückgekämmten
Haar und dem kunstvoll gedrehten Knoten etwas zurückgelegt,
die Augen geschlossen, aber nicht ganz. Die Äste des Baumes
wölbten sich über ihr, hinter ihr wie eine Nische, doch sie
stand frei, nur zwei Äste ragten bis dicht an ihren Kopf heran,
zu jeder Seite einer.

Auf dem einen Ast saßen zwei kupferne Äffchen nebeneinander, mit Händen und Füßen an den Ast geklammert, die
langen Schwänze hinunterbaumelnd, ihre fröhlich grinsenden
Schnauzen der Tänzerin zugewandt, begierig, ihr ein süßes Geheimnis ins Ohr zu flüstern; auf dem anderen Ast saßen zwei
kupferne Tauben, fast so groß wie die Äffchen, einander halb
zugewandt, als hätten sie eben noch geturtelt und sähen jetzt
die Tänzerin mit vorgerecktem, schief gelegtem Kopf schmach-
tend an und gurrten leise für sie.

In einiger Entfernung lag jemand auf Knien. Das musste
der Musikant sein – er hatte sein rundes Saiteninstrument mit
dem langen Hals neben sich abgelegt. In einer Robe und mit
einer Mütze auf dem Kopf kniete er nieder, den Oberkörper
vorgebeugt, die Stirn auf dem Boden, die Arme weit nach vorn
gestreckt, die verschränkten, klauenartigen Hände dicht vor
den Füßen der Tänzerin. Ein kleines Monstrum war er, bu-
ckelig, mit einem zu schweren Kopf und großen abstehenden,
aus der Mütze lugenden Fledermausohren; seine viel zu weiten Pantoffeln fielen ihm fast von den knochigen Füßen. Und
als wäre das alles noch nicht genug, hingen an hauchzarten

Ketten Türkise an dem kupfernen Baum – sollten sie Blumen, Blüten, Früchte darstellen? –, hier und da und überall: runde, längliche, kleine, große, kaffeebohnengroße und noch größere Türkise in diesem grellen, undurchsichtigen Vergissmeinnicht-blau.

Dennoch lauschte sie nicht der Geschichte des kupfernen Baums und auch nicht der der Türkisblumen, sondern der Geschichte der kupfernen Tänzerin. Die Frau konnte den Blick nicht von ihr lösen, sie fand sie schön, und wenn sie sie betrachtete, spürte sie ein vages Verlangen nach etwas, das sie nicht hätte benennen können. So sehr war sie in Gedanken versunken, dass sie den Mann erst hörte, als er schon im Zimmer stand, und sie wandte sich von der Tänzerin ab und ihm zu.

Er war viel älter geworden, aber er hatte sich nicht verändert. Das dünner werdende helle Haar, die stärker eingefallenen Schläfen, der scharfe Zug um Mund und Nase, die tiefer liegenden grauen Augen ließen sein Gesicht schmaler, die Stirn höher wirken. Er war auch magerer geworden, ging etwas gebeugter; doch seine Bewegungen waren wie früher (bei einer Frau hätte man sie elegant genannt, doch an ihm war nichts Feminines), und seine distanzierte, beherrschte Art, das gleichsam Vergeistigte, das Abweisende seines Wesens, kam darin noch stärker zum Ausdruck, als wäre er ganz für sich, mehr denn je. Als die Frau ihn sah, wusste sie, sie hätte nicht kommen sollen.

Er stand dicht vor ihr. Sollte sie ihm die Hand geben? Ihm beide Hände entgegenstrecken? Sie brauchte sich keine Gedanken zu machen – mit einer schnellen Bewegung hatte er ihre Schultern umfasst, wie früher, beugte sich zu ihr herunter (er war viel größer als sie), küsste sie irgendwo in die Nähe des Mundes und drehte sie, mit einer Hand auf ihrem Arm, wieder zu der kupfernen Gruppe hin.

»Und? Was sagst du zu meiner Tänzerin?«

Ohne ihre Antwort abzuwarten, ließ er sie los und sah sich um. »Was soll das denn? Hast du nicht einmal Tee angeboten bekommen?«

Leise und eindringlich sagte er das, aber ihr fiel auf, dass seine Stimme, seine Art zu sprechen sich sehr wohl verändert hatten, sie kamen ihr schneller, nervöser vor.

Er rief den Diener, bat um Tee und holte seine Rauchutensilien hervor. »Setz dich, lass dich mal anschauen«, sagte er. »Wie geht es dir? Geht es dir gut? Hast du dich sehr verändert? Mal sehen, ja, doch, das hast du.« Mit leicht zur Seite geneigtem, zurückgelegtem Kopf ließ er den Blick über sie hinwegwandern, interessiert und sogar ein bisschen wohlgefällig, haarscharf an ihr vorbei. Er sah sie an, ohne sie anzusehen. Nie hatte er sie angesehen, jetzt nicht, früher nicht, niemals – ach, hätte er sie doch ein einziges Mal angesehen.

Fing sie wieder damit an? Würde sie wieder so rennen, wie sie früher gerannt war? Tagsüber, nachts, wie im Traum, durch den Hohlweg mit den hohen Böschungen, über die sie nicht hinwegschauen konnte, auf der Suche nach dem Haus, das da war, das sie ganz zum Schluss tatsächlich fand, das leerstehende Haus – und wenn sie durch die kaputten Läden hineinschaute, sah sie, dass nicht einmal mehr Möbel darin standen, der Umzugswagen war bereits davongefahren.

Doch das wollte sie nicht! Nein! Nein! Bleib ruhig, sag einfach: Ich bin neununddreißig Jahre alt, nur das, halt dich daran fest! Fast schon alt, was immer sie sagen mögen, fast schon alt; es ist friedvoll, alt zu sein; genieße den Tag, sagt man sich dann. Genieße diesen Tag, den Tag des Teebesuchs, genieße den Teebesuch!

Genieße es, dass er neben dir sitzt an einem Tisch in einem Zimmer, das Teetablett vor dir. »Soll ich dir eine Tasse Tee einschenken?«, fragst du, und so weiter; wenn du ihn ansehen möchtest, sieh ihn an; wenn du seine Stimme hören möchtest, stell ihm eine Frage, ganz egal, welche; wenn du näher bei ihm sein möchtest, steh auf und geh hin und leg ihm die Hand an die Wange, wie früher, und schau, was passiert; wenn du bei ihm bleiben möchtest, frag: »Soll ich bei dir bleiben?«

Es braucht sich nicht so abzuspielen, das muss nicht sein, aber möglich ist es, alles ist möglich; für die Dauer des Teebesuchs ist es möglich.

»Segen des Augenblicks«, so nennt man das.

Genieße den Segen des Augenblicks, o Frau.

Nun gut, sagte sich die Frau; sie wollte es schon, sehr gern sogar, es gelang ihr nur nicht. Ihr Stuhl stand so dicht bei der kupfernen Tänzerin, dass ihr von ihrem Platz aus gar nichts anderes übrigblieb, als hinzusehen: diese Gruppe, so starr und heftig bewegt, so barbarisch schön und hässlich zugleich – andauernd wurde sie von ihr abgelenkt, als wäre nicht mehr der Mann für sie die Hauptperson, sondern die Tänzerin.

Eine ganze Weile saßen sie beisammen.

Die Frau schenkte ihm eine Tasse Tee ein, und noch eine und noch eine. Er trank immer drei Tassen ganz dünnen Tees; er nahm sich einen Keks, aß ihn jedoch nie auf. Sie redeten miteinander; gelegentlich stellte sie eine Frage, über seine Arbeit, wann er wieder nach Indien reise (er musste jedes Jahr nach Indien), nannte die Namen von gemeinsamen Freunden oder Bekannten, von Verwandten, fragte, ob er Bergwanderungen unternommen habe (er liebte Bergwanderungen). Sie hörte zwar seine Stimme, die Worte, die er sagte, doch sie behielt nichts davon, weil sie ständig dachte: Ihr wird alles gegeben und sie gibt nichts zurück.

Die Tragkraft, die Geduld der sechs Elefanten, die Kühle, die Güte des Baumes, der Schatten seiner Blätter, das hinreißende Himmelblau der Türkisblumen, die Scherze der beiden Äffchen an ihrem einen Ohr, das Gurren des Turteltaubenpaars am anderen, die demütige Anbetung des kleinen Monstrums im Staub zu ihren Füßen. Und die Tänzerin hat nichts für sie, keine Gegengabe, weil sie nur sie selbst sein kann, atemlos stillstehend, die Arme über den Kopf gehoben, weit weg, unerreichbar.

Genau wie er, schoss es der Frau durch den Kopf, genau wie er.

Eine Pause entstand, der Mann blickte in ihre Richtung; hatte er ihr gerade eine Frage gestellt?

»Du bist stiller als früher«, sagte er, »viel stiller, finde ich, woher kommt das?« Und nach einer Weile, in leicht spöttischem Tonfall: »Damals bist du schon sehr bald wieder in den ›Bund der E-He‹ getreten. Ist dein jetziger Mann nett? Und Kinder hast du auch, nicht wahr?« Und noch eine Weile später: »Warum hast du es so eilig? Wenn du schon mal da bist, kannst du doch auch bleiben, das Gästezimmer steht bereit«, und: »Wenn du nächstes Jahr gekommen wärst, wäre ich nicht mehr da gewesen, ich gehe hier weg.«

Die Frau rührte in ihrer Tasse und nickte, nickte wieder und noch einmal, zum Schluss schüttelte sie den Kopf. »Wohin gehst du?«, fragte sie.

»Endgültig nach Indien oder nach Australien, glaube ich, ich weiß es noch nicht.«

Doch sie wollte nichts über ihn hören, nichts davon, dass er wegging, sie wollte von der Tänzerin hören und zeigte auf sie. »Woher hast du sie? Nicht aus Java, oder? Aus Indien? Woher genau? Von einem Antiquitätenhändler, einem Trödler?« Früher hatte sie immer gehofft, beim Trödler einen Schatz zu finden.

Der Mann dachte daran zurück, lachte kurz laut auf.

»Nein, nein, nicht vom Trödler. Sie stammt aus der Schatzkammer eines kleinen Radschas in den Hügeln, dem ich zufällig einen Dienst erwiesen habe. Man könnte einen Groschenroman darüber schreiben! Ein großmütiger Radscha, ein paar Schurken und im Hintergrund ein weiser Mann, ein echter Weiser, Fluchten, Verfolgungsjagden, Abenteuer, Gefahr, regelrechte Todesgefahr, und wie viel Geld die Tänzerin gekostet hat! Tonnenweise Geld.« Das war so ein Ausdruck von ihm. »Und es hat etliche Jahre gedauert, bis ich sie heil und sicher hier hatte, das ist noch gar nicht so lange her.« Und nach einer Weile: »Nichts für mich, oder?«

»Nein, nichts für dich.«

»Aber die Mühe hat sich gelohnt, findest du nicht?«

»Ja, sehr«, sagte die Frau, »mir scheint, die Mühe hat sich sehr gelohnt! Aber ... Aber wie lange wusstest du schon davon?«

»Von der Tänzerin, meinst du?«, fragte der Mann abwesend.

»Ich weiß nicht genau, viele Jahre, aber wir können es nachrechnen, wenn du willst. Nicht als ich das erste Mal in Indien war, und auch nicht beim zweiten Mal. Beim dritten, ja, beim dritten Mal, kurz bevor ich nach Holland kam und wir uns kennengelernt haben, im Jahr vor unserer Hochzeit. Rechne es selbst nach: Wir waren fünf Jahre verheiratet.«

»Ja«, sagte die Frau, »und zwei plus vierzehn ist sechzehn.«

Der Mann rechnete weiter. »Sechzehn plus fünf plus eins macht zweiundzwanzig, ein ganzes Menschenleben!«

Unvermittelt sagte die Frau mit lauter Stimme: »Ich bin neununddreißig Jahre alt.«

Der Mann blickte erstaunt auf, als wüsste er nicht, wie sie darauf kam, dann sagte er tröstend: »Aber das ist doch nicht alt, du hast noch ein ganzes Leben vor dir.«

Nach einer Weile sagte er: »Und dann ist da noch ein Geheimnis, die Tänzerin kann tanzen! Wenn du dableibst, kann ich es dir zeigen. Warum bleibst du nicht? Es ist ziemlich kompliziert, unten drunter ist ein Mechanismus, ganz primitiv, mit Spulen und Schnüren, damit versetzt man das Ganze in Bewegung: Die Elefanten bleiben stehen, aber die Platte mit dem Baum dreht sich im Kreis; die Äffchen und die Tauben bewegen sich nicht einzeln, nur zusammen mit dem Baum; die Tänzerin dreht sich in entgegengesetzter Richtung um die eigene Achse, und alle Türkise an den Ketten drehen sich leise klimpernd mit. Ich hätte es dir gern gezeigt, es ist kindisch, aber du kannst dir gar nicht vorstellen, wie ...«, er suchte nach einem Wort, »... so, so als wäre es lebendig.«

»Und der Musikant?«, fragte die Frau. »Wird ihm das nicht zu viel? Steht er nicht auf und spielt Gitarre?«

Der Mann sah sie an. »Wie kommst du denn darauf? Warum meinst du? Nein, der Musikant kann sich nicht bewegen.«

Die Frau schob den Ärmel hoch und sah auf ihre Armbanduhr. »Oh«, sagte sie, »es tut mir wirklich leid. Aber ich muss los, es ist ziemlich weit zum Bahnhof, und ich habe noch einen Koffer in der Gepäckaufbewahrung, das dauert immer eine Weile«, und sie stand auf.

Der Mann stand ebenfalls auf und sagte zögerlich, mit gerunzelter Stirn: »Ist es schlimm, wenn ich dich nicht zum Bahnhof begleite? Du weißt schon, um dich zu verabschieden, ich verabschiede mich ungern ... von ...« Hatte er sagen wollen »von dir«?

Die Frau warf ihm einen Blick zu. »Nein«, sagte sie ruhig, »nein, das weiß ich doch.«

Doch bevor sie das Zimmer verließ, ging sie noch einmal zu der kupfernen Tänzerin, blieb davor stehen – wer nur ganz für sich ist, steht abseits, kalt, allein da. Die Frau machte eine kleine, impulsive Geste, eine Geste von früher, als sie noch ein Kind war, sie küsste ihren Zeigefinger und legte die Stelle, die sie mit den Lippen berührt hatte, an den Kopf der Tänzerin.

»Warum machst du das?«, fragte der Mann in einem merkwürdig schroffen Ton.

»Ach, nur so.«

Ohne in den Spiegel zu sehen, setzte sie ihren Hut wieder auf, ging dem Mann voran aus der Veranda durch den langen, dunklen Flur (auf einer Seite ihr gemeinsames Schlafzimmer, ihre Ankleide, auf der anderen das Esszimmer, das bereitstehende Gästezimmer) zur kleinen vorderen Veranda und die Treppe in den Vorgarten hinunter.

»Hast du den Wagen die ganze Zeit warten lassen?«, fragte der Mann.

»Ja.«

»Wozu denn? Hast du solche Angst, den Zug zu verpassen?«

»Ich darf den Zug nicht verpassen, es ist der letzte Zug heute, und mein Schiff legt morgen schon früh ab.«

»Unsinn, es gibt doch immer ein nächstes Schiff und einen nächsten Zug.« Es klang so, als wollte er noch etwas hinzufügen; das durfte nicht sein. Mit einem Schlag war sie wieder die neununddreißigjährige Frau, die Frau eines anderen Mannes, die Mutter von zwei lieben Kindern (die Große ging schon zur weiterführenden Schule), und sie hatte jemandem einen Teebesuch abgestattet, den sie seit zwei plus vierzehn ist gleich sechzehn Jahren nicht mehr gesehen hatte und der nächstes Jahr nicht mehr da sein würde. Sie streckte beide Arme steif aus, ihm entgegen, nahm seine warmen, festen Hände in ihre und sagte aufgesetzt herzlich: »Wie nett, dass wir uns noch einmal gesehen haben, ich hoffe, es wird dir sehr gut ergehen, sehr gut.« Sie hielt sich an seinen Händen fest und konnte sich nicht von ihnen lösen, aber dann hatte sie es anscheinend doch geschafft, auch sagte sie nicht noch einmal »sehr gut«; sie musste sich umgedreht haben und eingestiegen sein, denn nun saß sie im Auto.

»Fahren Sie schnell«, sagte sie zum Einheimischen hinter dem Steuer, »denken Sie an den Zug!« Sie zwang sich, ihr Gesicht dem noch neben dem Auto stehenden Mann zuzuwenden, nickte, versuchte zu lächeln, etwas zu sagen. Sie hörte nicht, was sie sagte, und auch nicht, ob er etwas erwiderte. Dann winkte sie nach hinten, ohne zu sehen, ob er noch dort stand.

Als sie vom Grundstück fuhren, das Stück auf der Landstraße, blieb sie mucksmäuschenstill sitzen, regte sich nicht, holte kaum Luft; wenn man solche Schmerzen hat, muss man stillsitzen, sich nicht bewegen, wenn möglich den Atem anhalten.

Dann bogen sie in die Allee ein, die alte Allee in Richtung Stadt, mit den hohen, friedvollen Kanaribäumen – so friedvoll, so grün und friedvoll –, die sie früher schon sehr geliebt hatte.

»Warum fahren Sie so schnell?«, sagte sie. »Lassen Sie sich doch Zeit.«

Sie seufzte, die schlimmsten Schmerzen waren vorüber. Er war vermutlich wieder im Haus, auf der hinteren Veranda am Fenster: Die Strahlen der untergehenden Sonne fallen ins Tal, auf den Fluss und die Steine und die Bambuswäldchen, der Berg ist hinter den Wolken verborgen. Er steht dicht neben der Tänzerin, das ist gut, so soll es sein, denn im Grunde sind sie eins – einer wie der andere – sie, er – er, sie –, er ist die kupferne Tänzerin unter dem Baum mit den blauen Blumen.

Und die Frau, hinten in einer Ecke des Autos, sprach mit gefalteten Händen leise vor sich hin, als sagte sie einen reimlosen Vers auf:

Ich bin die sechs Elefanten
Ich bin die zwei Affen und die Tauben
Ich bin der Baum
Ich bin die Blätter und die Türkisblumen
Ich bin das kleine Monstrum am Boden.

Aus dem Niederländischen von Bettina Bach

Grenz | überschreitungen
Nachwort von Doris Hermanns

Fünfzehn Erzählungen niederländischer Autorinnen vom Anfang des vorigen Jahrhunderts bis in die heutige Zeit umfasst
die Anthologie *Wär mein Klavier doch ein Pferd*. Eine Zeitspan-
ne, in der technische Entwicklungen den Alltag einschneidend
verändert haben, der niederländische Kolonialismus eine wichtige Rolle spielte, die deutschen Faschisten das Land besetzten,
Juden verfolgt und ermordet wurden und in der Menschen
verschiedener Kulturen in die Niederlande zogen, während
Einheimische ihre Heimat verließen. Diese historischen Ereignisse haben das Land und seine Literatur geprägt und tun
dies bis heute.

Die Texte in diesem Band erzählen aus dem Leben der Frauen,
von der Begegnung unterschiedlicher Sprachen, Kulturkreise,
Religionen und Traditionen und der Notwendigkeit, sich immer wieder neu zurechtzufinden. Den Autorinnen geht es um
Grenzen und Offenheit, um die eigene Befangenheit und die
Frage danach, wie sich die Wahrnehmung durch äußeres Geschehen, durch das Kennenlernen von »anderem« verändert.

Die Kolonialgeschichte des Landes, die sich bis in die heutige
Zeit fortsetzt – es gibt nach wie vor drei Karibikinseln, die zu
den Niederlanden gehören – bildet den Hintergrund mehrerer
Erzählungen. Und es zeigt sich, wie das »Fremde« die Wahrnehmung auf unterschiedliche Weise formt. Helga Ruebsamen,
die als Niederländerin in einer Kolonie geboren wurde, zeich-
net eine Figur, der im nüchternen Heimatland in vielem die

»Seele« fehlt. Auch Ellen Ombres aus Suriname stammende Protagonistin kann beide Kulturen selbst vergleichen. Jill Stolk hingegen erzählt von einem Mädchen, das zwar in den Niederlanden aufwächst, aber dennoch alles vor dem Hintergrund der Einwanderungsgeschichte seiner Eltern erlebt. Und Anneloes Timmerije, deren Protagonistin eine indonesische Mutter hat, findet ein besonderes Bild dafür, dass nicht ein Entweder-oder das Leben bestimmt, sondern ein Sowohl-als-auch: ihre Augen haben unterschiedliche Farben – das eine ist braun, das andere blau.

Dass Grenzüberschreitungen nicht immer eine freie Entscheidung sind, zeigt sich an den Erzählungen über den Zweiten Weltkrieg und die Besatzungszeit. Elisabeth Augustin musste als Jüdin Deutschland verlassen, sie lebte und schrieb seit ihrem niederländischen Exil zweisprachig. Ihre Schilderung davon, wie das Leben zuerst in Deutschland und später auch in den Niederlanden unsicher wurde, hat sie auf Niederländisch verfasst und selbst ins Deutsche übertragen. Josepha Mendels und Marga Minco erzählen aus niederländischer Perspektive von der Zeit der Repressionen und des Untertauchens, wobei deutlich wird, dass Juden auch in der Nachkriegszeit weiter als »andere« wahrgenommen wurden.

Maartje Wortel schreibt von einer der vielen jungen Familien, die nach dem Zweiten Weltkrieg in den Niederlanden keine Perspektive mehr für sich sahen und nach Kanada, Australien oder Neuseeland aufbrachen. Bei Margriet de Moor, Annie M. G. Schmidt und Sanneke van Hassel hingegen zeigt sich – teils mit einem Augenzwinkern –, wie auch innerhalb des Landes neue Erfahrungen den Horizont erweitern.

Eine der zentralen Fragen in den Erzählungen ist: Was und wo ist zu Hause? Wodurch wird es geprägt, wie verändert es sich? Und was bedeutet dies für die Identität der Frauen, die sich nicht an die ihnen vorgegebenen Grenzen halten, sondern diese überschreiten, sei es gezwungenermaßen durch Flucht, aus innerer Notwendigkeit oder aus reiner Neugier.

Trotz des oft dramatischen Geschehens sind die Texte nüchtern gehalten, als liege ihnen jede Übertreibung fern. »Doe maar gewoon dan doe je al gek genoeg« lautet eine niederländische Redewendung – »Verhalte dich normal, dann verhältst du dich schon verrückt genug«. Im Umspielen dieser Nüchternheit liegt das Besondere der vorliegenden Textsammlung: eine ganz eigene Art, in der Literatur die individuellen Grenzen auszuloten und neue Wege zu suchen. Die Autorinnen bieten uns ein Bild der Niederlande, das mehr zeigt als Windmühlen, Tulpen, Deiche und Fahrräder. Viele der Geschichten liegen hier zum ersten Mal auf Deutsch vor. Sie laden ein, das Land an der Nordsee mit neuen Augen zu sehen, mit dezidiert weiblichem Blick. Die hier präsentierten, vor allem die bislang unübersetzten Autorinnen räumen mit dem Mythos auf, dass sich die Kulturen so ähnlich seien. Erst beim genauen Hinschauen und der Lektüre weniger bekannter Geschichten wird deutlich, dass die kulturellen Unterschiede größer sind, als sie auf den ersten Blick erscheinen mögen.

Die Autorinnen

Elisabeth Augustin wurde 1903 in Berlin geboren und wuchs in einer jüdisch-christlichen Familie in Leipzig auf. Sie arbeitete für Presse und Funk und veröffentlichte bereits ab 1923 Kurzgeschichten in Zeitungen. 1933 floh sie mit ihrem Mann und ihren beiden Kindern in die Niederlande. Seither bewegte sie sich zwischen zwei Sprachen: Sie schrieb Erzählungen, Romane, Hörspiele und Gedichte auf Niederländisch und Deutsch, arbeitete als Übersetzerin und rezensierte deutschsprachige Neuerscheinungen für die niederländische Presse. In *Het patroon: herinneringen von 1990* (Das Muster) beschreibt die Autorin ihr Familienleben in Deutschland, ihre erfolglosen Versuche, Schauspielerin zu werden, und ihr frühes literarisches Interesse. In dem Roman *Labyrinth* (Auswege) von 1955 setzt sie sich mit dem Verlust ihrer Mutter und der Frage des Weiterlebens nach der Shoah auseinander. 1977 erhielt sie den Georg-Mackensen-Preis für die beste deutsche Kurzgeschichte, 1987 den Kogge-Ring der Stadt Minden sowie 1992 die Goethe-Medaille des Goethe-Instituts und den Jacobson-prijs für ihr Gesamtwerk. Die Erzählung »Vor dem Fenster« (»Voor het raam«) erschien zuerst 1960 in Amsterdam. Dort starb die Autorin 2001.

Maria Dermoût, geboren 1888 in Pekalongan, Java, wuchs in Indonesien (damals noch Niederländisch-Indien) auf, besuchte allerdings von 1900 bis 1905 eine Schule in den Niederlanden.

Erst seit 1933 lebte die Autorin durchgehend in den Niederlanden. Ab 1908 veröffentlichte sie einzelne Kurzgeschichten, zunächst in einer indonesischen, später in einer niederländischen Zeitung. Ihr erster Roman *Nog pas gisteren* (*Erst gestern noch*, Hamburg 1957), die Jugenderinnerungen eines Mädchens auf der Insel Java, erschien 1951, als die Autorin bereits 63 Jahre alt war. Als ihr bekanntestes Werk gilt der Roman *De tienduizend dingen* von 1955, der in zahlreiche Sprachen übersetzt wurde, so auch 1959 ins Deutsche (*Die zehntausend Dinge*, München 2016, neu übersetzt von Bettina Bach). Die auf den ersten Blick losen Erzählungen darin, die auf den Molukken spielen, fügen sich erst am Schluss zu einem Ganzen zusammen. Maria Dermoût starb 1962 in Den Haag.

—

Esther Gerritsen wurde 1972 in Nijmegen geboren und schrieb nach ihrem Studium der Dramaturgie und Literatur zunächst Theaterstücke. 2000 veröffentlichte sie ihren ersten Erzählungsband *Bevoorrecht bewustzijn* (Privilegiertes Bewusstsein). Ihr Roman *Dorst* (Durst) wurde 2014 ins Deutsche übersetzt (*Mutters letzte Worte*, Berlin 2014). Im selben Jahr erhielt die Autorin den Frans Kellendonk-prijs für ihr Gesamtwerk. Sie gilt als eine der erfolgreichsten Kolumnistinnen der Niederlande.

—

Sanneke van Hassel, geboren 1971 in Rotterdam, schreibt hauptsächlich Kurzgeschichten. 2005 debütierte sie mit dem Erzählungsband *IJsregen* (Eisregen), dem vier weitere Bände folgten. *Nest*, ihr erster Roman, erschien 2010. Die von ihr herausgegebene Anthologie *Naar de stad* (Zur Stadt) mit Kurzprosa der Gegenwart aus aller Welt ist eines ihrer vielen Projekte zur Förderung der Kurzgeschichte. 2007 wurde sie mit dem BNG Nieuwe Literatuurprijs und 2013 mit dem Anna Blaman Prijs ausgezeichnet.

———

Josepha Mendels, 1902 in Groningen geboren, war zunächst Lehrerin und Leiterin einer Abendschule für arme jüdische Mädchen. 1936 ging sie als Korrespondentin für niederländische Zeitungen nach Paris. Als sie 1940 erfuhr, dass sie als Jüdin nicht mehr unter ihrem eigenen Namen veröffentlichen durfte, hörte sie auf zu schreiben und schaffte es, mit gefälschten Papieren über die Pyrenäen, Spanien und Portugal nach England zu gelangen. Dort arbeitete sie für den französischen Geheimdienst und die Zeitschrift *Nouvelles de Hollande*.

1947 erschien ihr erster Roman *Rolien en Ralien* (Rolien und Ralien), dem weitere Romane und Erzählbände sowie ein Kochbuch und ein Kinderbuch folgten. 1950 erhielt Josepha Mendels für *Als wind en rook* (Wie Wind und Rauch) den Vijverberg-prijs. Als erste Autorin erhielt sie 1986 den neu geschaffenen Anna Bijns Prijs, der seither jährlich im Wechsel an Dichterinnen und Schriftstellerinnen vergeben wird. Josepha Mendels kehrte erst 1992 in die Niederlande zurück, wo sie drei Jahre später in Eindhoven starb.

———

Marga Minco, geboren 1920 in Ginneken, arbeitete bis zur Besatzung der Niederlande durch die Deutschen bei einer Zeitung, die sie am Tag nach der Kapitulation aufgrund ihrer jüdischen Herkunft entließ. Als einzige Überlebende ihrer Familie machte sie die Judenverfolgung während des Zweiten Weltkriegs zum zentralen Thema ihres Werkes. Ihr Debüt *Het bittere kruid* (*Das bittere Kraut. Eine kleine Chronik*, Hamburg 1959) wurde in zahlreiche Sprachen übersetzt und gilt heute als Klassiker der europäischen Literatur über den Zweiten Weltkrieg. Neben Romanen veröffentlichte Marga Minco zahlreiche, teilweise humoristische Bände mit Kurzgeschichten. 2005 erhielt sie den Constantijn Huygens-prijs für ihr Gesamtwerk.

—

Margriet de Moor wurde 1941 in Noordwijk geboren und studierte am Konservatorium in Den Haag Klavier, später Gesang, anschließend in Amsterdam Kunstgeschichte und Archäologie. Ihre erste Buchveröffentlichung war 1988 der Erzählungsband *Op de rug gezien* (*Rückenansicht*, München 1993), der gleich mit dem Gouden Ezelsoor ausgezeichnet wurde, dem Preis für das bestverkaufte literarische Debüt. 1990 wurde sie für ihren Novellenband *Dubbelportret* (*Doppelporträt*, München 1994) mit dem Lucy B. en C.W. van der Hoogtprijs und 1992 mit dem AKO Literatuurprijs für *Eerst grijs dan wit dan blauw* (*Erst grau dann weiß dann blau*, München 1993) ausgezeichnet. Schon lange gilt sie als eine der größten Schriftstellerinnen ihres Landes.

—

Ellen Ombre wurde 1948 in Paramaribo, Suriname, geboren, wuchs dort auf und zog 1961 in die Niederlande. Sie debütierte

1992 mit dem Erzählungsband *Maalstroom* (Wirbel). Das wichtigste Motiv sowohl in ihren Erzählungen als auch in ihren Romanen ist die Frage danach, was der Wechsel von einer Kultur in eine vollkommen andere mit einem Menschen macht. Die Erzählung »Begräbnisstimmung«, die dieses Motiv ebenfalls aufgreift, ist der erste Text von Ellen Ombre, der ins Deutsche übersetzt wurde.

—

Helga Ruebsamen, geboren 1934 in Batavia, Niederländisch-Indien (heute: Jakarta, Indonesien), lebt seit 1940 in den Niederlanden, wo 1964 ihr Debüt *De kameleon* (Das Chamäleon) erschien. Anschließend schrieb sie mehrere Bände mit Erzählungen und arbeitete für verschiedene Zeitungen und Zeitschriften. Als ihr wichtigstes Werk gilt der autobiografische Roman *Het lied en de waarheid* (*Das Lied und die Wahrheit*, Leipzig 1998). Ihre Arbeiten, in denen es häufig um Grenzüberschreitungen geht, wurden mehrfach ausgezeichnet, so 1998 *Het lied en de waarheid* mit dem F. Bordewijk-prijs. 2001 erhielt sie den Annie Romein-prijs und 2003 den Anna Bijns Prijs – beide für ihr Gesamtwerk.

—

Annie M. G. Schmidt, geboren 1911 in Kapelle, gilt als die bekannteste Kinderbuchautorin der Niederlande, mit deren Werk bereits mehrere Generationen aufwuchsen. Zahlreiche ihrer humoristischen Bücher wurden in diverse Sprachen übersetzt, so auch ins Deutsche, einige zudem verfilmt, zum Beispiel *Minoes* (*Die geheimnisvolle Minusch*, 2003). Berühmt wurde

Annie M. G. Schmidt vor allem mit ihren Erzählungen um die beiden Kinder Jip und Janneke (im Deutschen: Heiner und Hanni). Außerdem schrieb sie Verse, Lieder, Theaterstücke, Musicals sowie Radio- und Fernsehstücke. Sie starb 1995 in Amsterdam.

——

Jill Stolk, geboren 1952, gehört zur zweiten Generation von Autorinnen mit indonesischem Hintergrund: Anders als ihre Eltern wurde sie bereits in den Niederlanden geboren, das Familienleben war jedoch noch stark an deren Heimatland orientiert – einem für sie unbekannten Land. Stolk studierte Musik am Konservatorium in Den Haag und gibt heute Musik- und Yogaunterricht. Ihr erster Roman *Scherven van smaragd* (Smaragdscherben), dem weitere folgten, erschien 1983. »Kinderlager« ist die erste Übersetzung einer ihrer Erzählungen ins Deutsche.

——

Anneloes Timmerije, 1955 in Amsterdam geboren, arbeitete ursprünglich als Journalistin und Sachbuchautorin. Ihr literarisches Debüt, der Erzählungsband *Zwartzuur* (die Titelgeschichte erscheint in diesem Band erstmals auf Deutsch: »Ente schwarzsauer«) wurde für mehrere Preise nominiert und erhielt 2006 den Vrouw & Kultuur Debuutprijs. Seither folgten ein weiterer Erzählungsband sowie ein Roman. Zusammen mit Charles den Tex schrieb sie 2014 *Het vergeten verhaal van een onwankelbare liefde in oorlogstijd* (Die vergessene Geschichte einer unerschütterlichen Liebe in Kriegszeiten).

Manon Uphoff wurde 1962 in Utrecht geboren und gilt als die wichtigste Autorin von Kurzgeschichten in den Niederlanden. Ihr 1995 erschienenes Debüt *Begeerte* (Lust) wurde gleich für mehrere Literaturpreise nominiert und ihr erster Roman *Gemis* (*Schlafkind*, Stuttgart, München 2000) für den Libris Literatuurprijs. 2013 erhielt Manon Uphoff den Opzij Literatuurprijs für ihren Roman *De ochtend valt* (Der Morgen fällt). Seit 2004 ist sie Redakteurin der Literaturzeitschrift *De Revisor*.

———

Maartje Wortel, geboren 1982 in Eemnes, studierte Bild und Sprache an der Rietveld Akademie in Amsterdam. 2007 gewann sie den literarischen Talentwettbewerb Write Now! Anschließend veröffentlichte sie Erzählungen und Kolumnen in diversen Zeitschriften. Ihr Debüt, der Erzählungsband *Dit is jouw huis* (Dies ist dein Haus), wurde 2010 mit dem Anton Wachterprijs ausgezeichnet. Der Roman *Half mens* (Halb Mensch) wurde für verschiedene Preise nominiert. 2014 erschien der Roman *IJstijd* (Eiszeit), für den sie den BNG Bank Literatuurprijs erhielt.

Die Übersetzerinnen

Bettina Bach, geboren 1965, lebte zunächst lange in Frankreich, bevor sie Kulturwissenschaften in Amsterdam studierte. Sie übersetzt aus dem Französischen und Niederländischen, unter anderem Philippe Pozzo di Borgo, Tommy Wieringa und Miek Zwamborn. Für ihre Übersetzung von Arjan Vissers *Der blaue Vogel kehrt zurück* wurde sie 2014 mit dem Else-Otten-Preis ausgezeichnet.

——

Helga van Beuningen, geboren 1945, ist Diplom-Übersetzerin für Englisch und Niederländisch. Nach 15 Jahren Lehrtätigkeit am Institut für Übersetzen und Dolmetschen der Universität Heidelberg zog sie nach Schleswig-Holstein und übersetzt seit nunmehr über 30 Jahren niederländischsprachige Gegenwartsliteratur ins Deutsche. Zu den bekanntesten der von ihr übersetzten Autoren gehören A. F. Th. van der Heijden, Marcel Möring, Margriet de Moor, Cees Nooteboom, F. Springer u. v. a. m. Für ihre Übersetzungen wurde sie mit dem Martinus Nijhoff Prijs, dem Kunstpreis des Landes Schleswig-Holstein, dem Helmut-M.-Braem-Preis und dem Else-Otten-Preis ausgezeichnet.

——

Anna Carstens, geboren 1963, studierte Niederlandistik und Kunstgeschichte. Seit 1992 lebt sie in den Niederlanden und arbeitet als freie Übersetzerin. Sie übersetzt kunsthistorische Texte, Sachbücher und Belletristik aus dem Niederländischen.

Andrea Kluitmann, geboren 1966, wuchs einsprachig als Kind einer deutschen Mutter und eines niederländischen Vaters in Deutschland auf und wohnt heute in Amsterdam. Sie hat Germanistik studiert und übersetzt niederländische Literatur, Graphic Novels, Drehbücher und Theaterstücke ins Deutsche. Ferner ist sie Vorsitzende der Stiftung vertaalverhaal.nl, Organisatorin der niederländischen »Vertalersgeluktournee« (Übersetzerglücktournee) und arbeitet als Sprachtrainerin.

——

Christiane Kuby, geboren 1952 in Frankfurt, übersetzt seit über zwanzig Jahren Literatur aus dem Niederländischen und Flämischen, u. a. Kader Abdolah, Jeroen Brouwers, Erwin Mortier und Leo Pleysier. 2012 wurde sie für ihre Übersetzung des Romans *Götterschlaf* von Erwin Mortier mit dem Else-Otten-Preis ausgezeichnet. Helga Ruebsamens Roman *Das Lied und die Wahrheit*, ein wunderschöner Roman über eine Vorkriegskindheit in Indonesien und das anschließende Überleben im besetzten Holland, erschien in ihrer Übersetzung 1998 bei Kiepenheuer Leipzig.

Die Herausgeberin

Doris Hermanns, geboren und aufgewachsen in Bardenberg, nördlich von Aachen, nahe der niederländischen Grenze, die sie zu Familienbesuchen immer wieder überquerte, brauchte einen Umweg über Bielefeld (Studium der Pädagogik, Psychologie und Soziologie) und Australien, bevor sie für 25 Jahre in die Niederlande zog, wo sie als Antiquarin arbeitete. Seit 2015 lebt sie als Autorin und Redakteurin in Berlin. Sie hat u. a. die Biographie *Meerkatzen, Meißel und das Mädchen Manuela. Die Schriftstellerin und Tierbildhauerin Christa Winsloe* (Berlin 2012) sowie Werke von Christa Winsloe (*Auto-Biografie und andere Feuilletons*, Berlin 2016) und Ruth Landshoff-Yorck (*Sixty to Go. Roman vom Widerstand an der Riviera*, Berlin 2014) herausgegeben. Daneben ist sie als freie Journalistin tätig und veröffentlichte zahlreiche Porträts auf der Website FemBio.org Frauen-Biographieforschung.

Quellen

Elisabeth Augustin: Vorm Fenster (Voor het raam)
Aus: *Das Gucklock. Fünf Erzählungen*
© 1992 persona verlag, Mannheim

Maria Dermoût: Die kupferne Tänzerin (De danseres van koper)
Aus: *De juwelen haarkam*
1956 Em. Querido's Uitgeverij, Amsterdam

**Esther Gerritsen: Rosaceae, Crataegus monogyna, »Stricta«,
Weißdorn-Art (Rosaceae, Crataegus monogyna, »Stricta«, meidoornsoort)**
Aus: *Bevoorrecht bewustzijn, verhalen*
2000 De Geus, Breda

Sanneke van Hassel: Elefantenhaut (Olifantenhuid)
Aus: *Witte veder*
2007 De Bezige Bij, Amsterdam

Josepha Mendels: Eine Freundschaft (Vriendschap)
Aus: *Alle verhalen*
1988 Meulenhoff, Amsterdam
Mit freundlicher Genehmigung von Eric Mendels

Marga Minco: Landauf, landab (Door het land)
Aus: *Achter de muur, verzamelde verhalen*
2010 Bert Bakker, Amsterdam

Margriet de Moor: Unruhe und Gelassenheit (Onrust en kalmte)
Aus: *Ich träume also. Erzählungen*
© 1996 Carl Hanser Verlag, München

Ellen Ombre: Begräbnisstimmung (Begrafenisstemming)
Aus: Astrid H. Roemer (sam.): *Het vrolijke meisje, verhalen van vrouwen
die putten uit meer dan alleen de Nederlandse cultuur*
1995 Arena, Amsterdam
Mit freundlicher Genehmigung der Autorin

Helga Ruebsamen: **Klavierstunde (Pianoles)**
Aus: *Beer is terug*
1999 Atlas Contact, Amsterdam/Antwerpen
© Übersetzung Christiane Kuby

Annie M. G. Schmidt:
Fortschritt (Vooruitgang)
Linda (Linda)
Aus: *Wat ik nog weet*
1992 Em. Querido's Uitgeverij, Amsterdam

Jill Stolk: **Kinderlager (Kinderkamp)**
Aus: *Kleurverschil*
1988 Nijgh & Van Ditmar, Amsterdam

Anneloes Timmerije: **Ente schwarzsauer (Zwartzuur)**
Aus: *Zwartzuur*
2005 Augustus, Amsterdam

Manon Uphoff: **Der Bär und das Mädchen (De beer en het meisje)**
Aus: *De zoetheid van geweld*
2013 De Bezige Bij, Amsterdam

Maartje Wortel: **Displaced Persons**
Aus: *Dit is jouw huis*
2009 De Bezige Bij, Amsterdam